밤엔 더 용감하지

밤엔 더 용감하지

앤 섹스턴

정은귀 옮김

Braver at Night

Anne Sexton

차례

1부

베들럼으로 가는 길과
돌아오는 길 일부

당신, 마틴 선생님

마틴 선생님, 당신은 걷네요,
아침 식사에서 정신 이상으로. 팔월 하순,
나는 살균된 터널을 재빠르게 지나가고요.
그 터널에선 유동하는 사자(死者)들이
치료의 동력에 맞서 자기들 뼈 미는 이야기를
아직도 하고 있고요. 나는야 이 여름 호텔의 여왕,
혹은 죽음의 꽃자루 위에서

깔깔대는 꿀벌. 흐트러진 줄로 서서 우리는
저이들이 문 열어 주길 기다리지요. 문을 열고
얼어붙은 저녁 식사의 문에서 숫자를
세지요. 그렇고 그런 시시한 구호를 외치고 우리는
겉치레 미소를 띤 채 그레이비소스 쪽으로
움직여요. 일렬로 늘어서서 씹어 대는 우리,
교실 분필처럼 찍찍거리며 접시들을

싹싹 긁지요. 당신 목을 딸 칼이
없네요. 나는 아침 내내 모카신을
만들지요. 처음 내 손에는
아무것도 없었어요, 옛날 일하던
식으로 제멋대로. 하지만 이제
나는 손을 되돌리는 법을 배워요, 성난

손가락이 내일이면 다른 손가락이
부술 것을 수리하라고

재촉하네요. 저는요 물론 당신을 사랑해요;
플라스틱 하늘 위에 기대어 있는 당신,
우리 구역의 신, 모든 여우들의 왕자.
그 부서지는 왕관들은 잭이 썼던
새것이고요. 당신의 세 번째 눈은
우리들 사이를 왔다 갔다 하며 우리가
잠자거나 울고 있는 상자에다 불을 밝혀요.

이곳에서 우리는 얼마나 큰 아이들인가요.
나는 제일 좋은 병동에서 내내 훌쩍
자라지요. 당신의 일은 사람들이고요.
당신은 정신병원에 들르고, 우리
둥지 속에 있는 신탁의 눈. 바깥 복도에선
구내방송이 당신을 호출하네요. 여우 같은 아이들이
잡아당기고 당신은 몸을 틀죠, 서리 내린

삶의 홍수처럼 떨어진 간교한 아이들.
그리고 우리는 혼잣말을 해 대는 마술입니다.
시끌시끌하면서도 혼자인. 나는 잊힌 내 모든

죄의 여왕이고요. 내가 아직도 길을 잃고 있나요?
한때는 나도 아름다웠죠. 이제 나는 나 자신일 뿐,
고요한 진열장 위에서 기다리는 모카신들의
이쪽 줄과 저쪽 줄을 세고 있을 뿐입니다.

친절님: 이 숲들은요

이 세상에서 길을 잃으려면 우리는 눈 감고 돌기만
하면 된다. 길을 잃고 나서야 우리는 우리를 발견하기
시작한다. —헨리 데이비드 소로, 『월든』에서

친절님: 이건 우리가 여덟 살
열 살 때 하던 오래된 게임.
팔월 하순, 메인주 포틀랜드 하우스아일랜드에서
차디찬 안개가 가끔씩 해변에서 습격해 오면
딩글리 델과 할아버지 오두막 사이에 있는
숲은 이상하게 희뿌옇게 변했지요.
그건 마치 모든 소나무가 다 우리가 모르는
갈색 막대가 된 것 같았어요. 그건 마치 낮이 갑자기
밤이 되고 박쥐가 태양 아래 날아다니는 것 같았어요.
그건 마치 한 바퀴 돌기만 하면 길을 잃는 마술 같은 것;
까마귀의 뿔은 어둠 속에서 운다는 걸 아는 일,
저녁밥은 결코 없을 거고, 저 멀리 벨, 부표의 벨,
파멸이라는 해변의 울음이 말하는 것을 알아채는 일,
네 보모는 가 버렸어라고. 오, 아가씨,
그 보트는 뒤집어졌어요. 그래서 당신은 죽었지요.
한 번 돌아 보세요, 눈 꼭 감고 머리에 생각 담아.

친절님: 길을 잃고 나는 당신과 똑같은 종이 되어,
눈을 꼭 감고 두 번 빙그르 돌아 보았어요.
그러면 숲은 하얗게 되었고 내 밤의 마음은 그런 이상한 사건들, 아무도 듣지 못한 비현실적인 일들을 보았지요.
그리고 두 눈을 뜨면, 나는 그 사회가 경멸하는
내 안의 표정을 응시하는 게 두렵기만 해서, 지금도 나는
이 숲속에서 찾고 있지요. 하지만 포도와 가시 사이에
박혀 버린 나 자신보다 더 끔찍한 건 여태 만나지 못했어요.

하루하루 영광에서 찢겨

하루 온종일 우리는 하늘 천장을
때리는 갈매기들, 나부끼듯 롤러코스터를
타는 갈매기들을 보았다.
저 위에서
그 푸른 세계 전체를 지배하다
땅이 싹둑 잘리면 비명을 지르는.

이제, 어린아이처럼,
우리는 바위 언덕을 기어 내려온다.
남은 빵을 담은
가방을 메고,
그러곤 그 빵들을 바위에 부드럽게 펼친다,
이른 왕을 위해 빵 부스러기 여섯쯤 남겨 두고.

지켜보던 매 한 마리 사냥하러 다가온다,
굶주림 둘러싼 기류를 타고
비단실로 새긴 듯
매달리다가
갑자기 매는 날아오른다,
밖으로, 수면 위 한 뼘,

철썩이는 물결을 반듯하게 펴며

다시 오기 위해.
허공에서 추락하는 날개들의 도시처럼
그 무리들을 데리고 오려고.
매들은 기다린다. 저마다 나무 미끼 새인 듯,
부드러운 비둘기가 되어 혹은

귀엽고 포근한 오리가 되어.
마침내 한 마리가 움직인다, 부딪치며
화살 부리를 움직인다. 매는 빵을 가졌다.
세상은 매들로 가득 차 있다,
바위를 향해 돌진하는 야수들의 세상.

매는 빵을 딱 네 번만 파먹고
글로스터 너머로 훌훌 날아간다.
저 하늘 꼭대기로.
자, 한번 보세요, 어떻게
저 매들이 비린내 나는 배를
형세의 부스러기로 채우는지.

엘리자베스 떠나다[1]

1

네가 누워 있네, 진짜 죽음의 둥지 안에,
네 움직이는 머리를 만졌던
내 불안한 손가락 자국 너머;
네가 누워 있던 침대 위로 흔들리는 내 얼굴,
네가 내 얼굴을 마지막으로 올려다봤을 때, 쪼글쪼글
늙은 피부, 네 허파의 숨은 아기처럼 쌕쌕 짧아졌고,
그러다 어디쯤에서 네가 울먹였지, 날 그만 놔줘, 놔줘.

너는 마지막 죽음의 상자에 누워 있네
하지만 네가 아니었다면, 정녕 네가 아니었다면.
내가 말했지, 그 사람들이 그녀의 뺨을 채워 넣었어요,
이 흙빛 손, 엘리자베스의 이 가면은
사실이 아니에요. 죽은 네가 누워 있는 침대의
가죽과 공단 그 안에서
뭔가가 소리쳤어, 날 그만 놔줘, 놔줘.

2

그이들이 나한테 네 앙상한 뼈와 재를 줬어,
유골함 속에서 조롱박처럼 달가닥거리는,
화장장 불가마가 축복한 돌처럼 달가닥거리는.
나는 마법의 대성당에서 널 기다렸어,

살아 있는 자들의 나라에서 널 기다렸어,
내 가슴에 울리는 유골 단지와 함께 가만히,
그때 뭔가가 소리쳤지, 날 그만 놔줘, 놔줘.

그래서 나는 네 마지막 앙상한 뼈를 던져 버렸지
그리고 너의 표정에 지르는 내 비명 소릴 들었어,
사과 같은 네 얼굴, 네 팔에 안긴
구유 속 아기 예수님, 네 피부의 팔월 내음
그리곤 네 옷들을 정리했지,
또 네가 남겨 둔 사랑들도, 엘리자베스,
엘리자베스, 마침내 넌 떠났지.

---

1) 이 시에서 엘리자베스가 누구인지 독자들은 궁금할 것이다. 같은 이름을
가진 고모라는 이야기도 있지만 비평가들은 대개 앤 섹스턴이 우울증과
자살 충동으로 심리 치료를 받으면서 대면한 자신의 또 다른 자아라는 쪽에
의견을 모은다. 영어로는 차이가 없지만 우리말로 옮길 때는 어느 쪽이냐에
따라 시의 목소리가 달라져야 한다. 고모라고 해석하여 '당신'이라고 하는
것보다 자신의 또 다른 분신으로 해석하여 '너'라고 하는 것이 더 자연스러워,
시의 전반적인 톤을 그 해석에 맞추었다.

정신 분석가에게 시인을 이야기했다

나의 일은 단어들. 단어들은 상표 같아요,
아님, 동전 같기도, 더 쳐주자면, 벌 떼 같기도 해요.
고백하자면 오직 사물의 원천만이 나를 깨부술 수 있어요.
마치 단어들이 노란 눈과 말라 버린 날개에서
해방되어 다락에서 죽어간 벌처럼 헤아려지듯.
나는 늘 잊어야만 하지요, 어떻게 하나의 단어가
다른 단어를 고를 수 있는지, 하여 마침내
내가 말했을지도 모를…… 하지만
말하지 않았던 단어를 얻게 되지요.

당신 일은 내 단어들을 지켜보는 것. 하지만 난
어떤 것도 허락하지 않아요. 난 최선을 다해 일해요, 가령
내가 니켈 머신[1]을 찬미하는 글을 쓸 수 있었던 네바다의
그 어느 날 밤; 행운의 화면 위로 벨이 세 번 딸랑거리며
어떻게 마법 같은 잭팟이 터졌는지 말하며,
그런데 당신이 만약 이게 아니라고 말한다면,
나는 점점 약해지지요, 내 손이 그 모든 믿음의 돈에
둘러싸여 얼마나 우습고 우스꽝스럽고
번잡하게 느껴졌는지를 기억하며.

---

1) 카지노장에서 볼 수 있는 것으로, 핀볼 머신과 비슷한 게임기이다.

그런 여자 과(科)

나는 홀린 마녀, 밖으로 싸돌아다녔지,
검은 대기에 출몰하고, 밤엔 더 용감하지.
악마를 꿈꾸며, 나는 평범한 집들
너머로 휙휙 불빛들을 타고 다니지.
외로운 것, 손가락은 열두 개, 정신 나간,
그런 여자는 여자도 아니겠지, 분명.
나는 그런 여자 과.

숲속에서 나는 따뜻한 동굴들을 발견했고,
동굴을 프라이팬, 큰 포크들과 선반들,
벽장, 실크, 셀 수 없는 물건들로 채웠지;
벌레와 요정들에게 저녁을 차려 주고:
훌쩍이며, 어질러진 걸 다시 정리했지.
그런 여자는 이해받지 못해.
나는 그런 여자 과.

나는 당신 수레에 올라탔어, 마부여,
지니는 동네바나 내 맨팔을 마구 흔들어 댔지,
최후의 바른 길을 배우며, 생존자여,
그 길에서는 당신 불꽃이 아직도 내 허벅지를 물어뜯고
내 갈비뼈는 당신 바퀴들이 도는 데서 부서지고.
그런 여자는 죽는 것도 부끄럽지 않아.

나는 그런 여자 과.

대학교 선술집 벽에 있는 어느 할머니의 초상화

오, 선술집 아래층에선
아이들이 노래하고 있군요,
둥근 탁자에 둘러앉아서
내 주위에 아직도 둘러앉아서.
그 액자가 뭐라 말했는지 당신, 들었나요?

　　　　나는 다만 말했을 뿐,
어떻게 백랍 항아리가
선술집 벽에 걸려 있는지
오래될 만큼 오래된
그곳에 아직도 걸려 있는지.
내가 말했지. 그곳엔 시인들이 있다고.
난 시인들 노랫소리를 듣고 있어.
시인들이 내 옆에서 조용히
둥근 탁자에 둘러앉아 거짓말하는 것도.
방 건너편 벽에는 화환이 하나,
죽은 이의 머리카락으로 만든 화환이
유리 액자로 벽에 걸려 있어.
오래될 만큼 오래되고
그렇게 계속 기억될.
그 액자가 뭐라 말했는지 당신, 들었나요?

나는 다만 말했을 뿐,
어떻게 내가 거기 있고 싶은지,
내 노래를 거짓말쟁이들과 함께 부르고
내 거짓말을 노래하는 이들과 함께 노래하겠다고.
그러겠노라고, 그러겠노라고
다만 내 머리카락, 그 머리카락 화환,
선술집 벽에 걸린 컵과
내 먼지 낀 얼굴, 그 아래서 시인들은 노래를 한다고.
시인들은 내 주방에 앉아 있고.
왜 시인들이 거짓말을 하지?
왜 아이들은 아이들을 낳지? 또
그 액자가 뭐라 말했는지 당신, 들었나요?

　　　나는 그저 말했을 뿐
어떻게 내가 거기 있고 싶은지,
아, 선술집 아래층에서는
예언자들이 노래를 하고 있네.
둥근 탁자에 둘러앉아서
마침내 조용해질 때까지.

농부의 아내

죽처럼 밍밍한
그이들의 촌스러운 욕망,
일리노이에서의 전원생활,
그곳에선 땅 전체가 새싹 돋아나는
빗자루 공장처럼 보인다네,
그 땅은 이제 10년이 되었고
그녀는 그의 습관이 되었고.
오늘 밤 그는 또 말할 테지.
마누라야, 그만 자자.
그러면 그녀는 아무 말 않겠지,
이 삶에 뭐를 어떻게 더한단 말인가,
그 요란한 침대의
똑똑한 땅딸보 다리 이상 무얼, 혹은
점자를 더듬듯 느린 그의 손길, 점점
가벼워지는 묵직한 신과 같은 그 손길
이상 무얼, 아내가 원하는
그 오랜 사랑의 무언극 이상 무얼,
시네블 혼사 내버려 두었다가
마침내 다시 돌아와 만드는 무언극,
마음은 남편에게서 떨어진 채
다시 몰두하는 무언극, 하여 아내는
그녀 자신의 말로 그녀 자신을 산다네,

마침내 각자 서로 다른 꿈속에 누울 때는
자기들이 꾸려 온 집의 땀내를 진저리치고,
그럴 때 아내는 남편을 어떻게 바라볼까,
늘 그렇고 그런 잠의 너저분한 포대 속에서도
그는 여전히 강한 사람, 하지만
그녀 젊은 날들이 똑같은 결혼
침대에서 자취도 없이 사라져 갈 때
그녀는 소망하지, 그가 절름발이거나 시인이기를,
아니면 외로운 이여도 좋고, 가끔 바라건대
더 좋은 건, 내 사랑, 그만 콱 죽어 버리길.

추방자들

당신, 그건 한순간이었어요,
한순간 움켜쥐는 것, 그래서
당신이 그걸 믿을 수 있게 하는 것.
믿음이 사랑의 행위라고 난 생각해,
어디로 가든지 그 고백 속에서라도.

가짜 뉴잉글랜드 숲 속에서
잘못 심어진 노르웨이의 나무들은
뿌리 내리기를 거부했지요, 흙에서 불쑥 나와
공기를 휘젓는 그 두꺼운 합성된 뿌리들,
우리는 손을 잡고 무릎으로 걸었어요.
정말로, 거긴 아무도 없었어요.

40년 동안 이 실험적인 숲은
커 갔지요, 몽땅한 나무가 가지를 뻗고 바퀴살 많은
가지들이 늘어져 줄기줄기 완벽한 열을 이루었지요.
그건 나란히 죽 선 나무들의 장소였지요, 유배된 채
줄지어 선 나무들의 생, 거길 우리는 걸었어요, 너무 낯설어
우리의 닮음을, 그 닮음이 어찌 살아남는지도 다 몰랐어요.

그 바깥쪽에선 마을의 차들이
이틀 전 밤에 우리가 조심스럽게 걸어

각자의 싱글 침대를 향해 간 그 흰색 선을 따라갔어요.
우린 험한 언덕 중간쯤에 누웠고 우리가 넘어졌다면
숲속 바로 여기, 나무들 죽음에 사로잡힌 여기였을 텐데
당신은 나를 잘 받쳐 주었지요.

이제 나는 그 숲 전체를 꿈꾸어야 해요.
그리고 당신의 사랑스러운 손도, 자라다 멈춘
나무들처럼 언 적도 없고, 지배되지도 핼쑥하지도 않은,
내 손을 떠나지 않은 그 손을. 오늘, 내 집에서, 나는
우리 집을 보네요, 집의 기둥들, 당신과 나를 위해
낯선 땅을 떠받치는 사람들의 어둑한 기암도.

당신 보세요, 그런 시절이 있었지,
시간으로부터 도살된 그 시절,
내 거, 내 거, 내 거라고 우리 입이 말하는 소리를
잃기 전에 우리가 재빨리 말해야 하는 건
바로 그 시절이었어요.

그게 뭔지

그게 안으로 들어오기 전에
나는 주방 창문에서 그걸 보고 있었어,
새 풍선처럼 부풀어 오르는 걸 보고 있었어,
그게 털썩 앉아선 둘로 나뉘는 걸 보았지,
내가 아는 내가 아는 어떤 것처럼 ─
쪼개진 배 혹은 둘로 나뉜 달과 같은
혹은 아무 데도 떠다나지 않는 둥글고 흰 접시들
혹은 주먹이나 무릎처럼 함께 포개질 때까지
여름 대기를 가르며 손짓하는 통통한 손들.
그 후에 그게 내 문으로 왔어. 이제 여기서 살아.
그리고 물론: 그건 부드러운, 물개의 귀만큼 부드러운 소리,
한 형체와 한 형체 사이에 붙잡혔다 내게 돌아오는.

너는 알지, 부모들이 어떻게 부르는지
달콤한 해변 어디서든, 들어와 들어와,
그리고 그 소리를 잠재우려고 네가 어떻게
수먼 아래도 사라앉는지, 누군가 밤에
홀에서 어떻게 쓰다듬었는지, 바스락, 또 네가
알지 못하는 그 피부, 하지만 들었지, 찰싹찰싹
굳건한 파도 소리와 크르릉 개가 코고는 소리. 그건
지금 여기의 일, 어른이 된 세월에서 붙잡힌 ─
우리가 잊어버린 그 이미지: 발 아래 부서지는 조가비들

혹은 수프의 스푼을 휘젓는 일. 그건 네 귀에
박힌 가시들만큼 진짜인 일. 우리가 훔치는 소음은
벨소리 같고. 밖에선 차들이 교외의 거리를 휘젓고.

그리고 거기에 있는 그리고 진실인 일.
그것 말고 이게 무어란 말인가, 대기의 이 헝클어진 형체는?
나를 부르는, 너를 부르는.

돌아오는 길

차는 아이들로 무겁다,
여름에서 예인된 차,
아이들 까르르 웃는 해변에서 휩쓸려 나왔지,
끈질긴 소문이 그이들에게 아무것도 끝나지 않아
라고 말하는 동안에 휩쓸려 나왔지.
오늘 우리는 초조해하며
운전을 한다, 반복되는 시간 낭비를
애써 무시하며, 소들과 다른 것들을 헤아리며,
그러는 동안 태양은 우리가
세지도 못하고 죽이지도 못하는
늙은 알바트로스처럼
하늘에서 움직인다.

시간을 위한 단어는 없다.
오늘 우리는
또 하나의 여름을 헤아릴 생각은 하지 않을 것이다
여름이 흰 새가 땅 속으로 들어가는 것도 보지 않을 것이다.
오늘, 모든 차들,
모든 아버지들, 모든 어머니들, 모든
아이들과 연인들은
잊어야 할 것이다,
하늘에 있는 그것,

끈질긴 소문처럼
돌아다니는 그것,
언젠가 우리를 가질 그것을.

기다리는 머리

만약 내가 정말로 걷고 있다면, 늘 하던 습관대로
같은 거리의 같은 요양원을 지나고 있다면,
위쪽 창문에서 또 다른 기다리는 머리가
언제나 그랬듯 나무 의자에 앉아
누군가가 오길 기다리고 있는 걸 내가 보게 된다면,
그렇다면 무엇이든 진실일 수 있다. 내가 아는 건 다만

그녀가 매일 밤 가죽 공책에 아무도 오지 않았다고
썼다는 것. 분명 나는 그녀가 갈고리 같은 손가락을 뻗어

내 손을 감쌌다는 걸 기억하는데, 지금도 나는
내가 이 거리를 피해 다닌 시절을 인정하지 않겠지만,
바래진 무화과처럼 그녀가 쭉 살고 있던 거리,
또 그러다가 우릴 잊었던 이 거리,
그녀의 물컹한 키스를 방문하고, 매번의 호의를
반복하려 구부리고, 더부룩한 가발을 빗겨 주려 애쓰며

사랑을 억지로 이어 간 시간들. 이제 그녀는 늘 죽어 있고
그 가죽 공책들은 내 거다. 오늘 나는 본다, 그 머리가

저 높은 창문에서 움푹 패인 천사처럼 움직이는 걸.
그 기다리는 머리는 무얼 하고 있는지? 똑같아 보인다.

내가 돌아서 가 버리면 고개를 앞으로 숙일까?
그 머리가 내게 하는 말이 들리는 것만 같아,
근데 아무도 오지 않았어. 아무도 오지 않았어.

더블 이미지

1

올 십일월이면 나 서른 살.
너는 아직도 작아서, 이제 겨우 네 살.
우리는 서서 바라본다, 노란 잎들이 이상해지는 것을
이파리들이 겨울비 속에서 펄럭이는 걸,
그러다 납작 떨어져 씻겨 가는 걸. 또 나는 기억해
네가 여기 없던 그 세 번의 가을을 거의 다.
그 사람들은 내가 다시는 널 못 만날 거라고 했어.
하지만 네가 절대 알 수 없는 걸 내 말해 주지,
내 머릿속을 설명한
그 모든 의학적 가설들도
떨어져 내리는 이 이파리들만큼 진실할 수는 없으니.

내가, 두 번이나
자살하려고 마음먹었던 내가, 네 별명을 불렀잖니.
네가 처음 왔을 때, 힘없이 울던 그때,
언제가 고옅이 네 목 올 과들히
내가 네 머리 위에서 팬터마임 하듯
움직인 적도 있단다. 못난 천사들이 내게 말을 걸었어,
천사들이 말했어. 내 잘못이라고. 초록 마녀처럼
내 머릿속에서 떠들어 댔지. 망가진 수도꼭지처럼
파멸이 새어 흐르도록 말이지; 마치

파멸이 내 뱃속에서 넘쳐흘러 홍수처럼 네 아기침대를,
내가 떠안아야 하는 오랜 빚을 채울 것처럼.

죽음은 생각보다 간단했어.
생명이 너를 온전히 멋지게 만들어 준 그날
나는 그 마녀들이 내 죄 많은 영혼을 앗아가도록 했어.
나는 죽은 척했고
마침내 하얀 남자들이 그 독을 뽑아
나를 무방비 상태로 만들고, 말하는 상자의 장광설로
나를 씻겨서는 전기 침대에 눕혔지.
웃다가 나는 보게 되었지. 그 호텔의 개인용 쇠사슬을.
오늘 노란 이파리들이 이상하게 변하네.
너는 내게 묻네. 이파리들이 어디로 가느냐고. 오늘
나는 말하네, 그걸 믿어야지 그러지 않으면 지고 만다고.

오늘, 내 어린 아가, 조이스야,
네가 있는 거기서 네 자신의 자신을 사랑하렴.
따라야 할 특별한 신은 없단다. 그런 신이 있다면
내가 왜 너를 다른 곳에서 자라게
두었겠어. 내가 돌아와 전화했을 때
너는 내 목소릴 못 알아들었지.
내일의 백색 나무와 겨우살이들, 그 대단한 것들은

네가 놓쳐야만 했던 그 휴일들을 아는 데 도움이 안 돼.
내가 나 자신을 사랑하지 않던 그때,
나는 네가 다져 둔 길을 찾아갔지. 너는 내 장갑을 잡았어.
그러고 나서 새로 눈이 내렸어.

2
그이들이 내게 편지를 보내 너의 소식을 전했고
나는 신지도 않을 모카신을 만들었지.
어느 정도 견딜 수 있을 정도로 내가 회복되고 나선
우리 엄마와 같이 살았어. 너무 늦었어, 너무
늦었어, 네 엄마와 같이 살기엔, 마녀들이 말했어.
그래도 난 떠나지 않았지. 대신 나는
내 초상화를 완성시켰지.

베들럼 병원에서 돌아오는 길에
나는 매사추세츠 글로스터에 있는
엄마 집으로 갔어. 내가 엄마를 붙잡는 건
이런 식이야. 또 이게 바로 엄마를 잃은 방식이기도 해.
너의 자살을, 나는 도저히 용서 못 해. 엄마가 말씀하셨어.
죽었다 깨어나도 못 하는 일. 대신 엄마는
내 초상화를 완성시켰지.

나는 성난 손님처럼 살았어.
부분적으로 수리된 물건처럼, 너무 커 버린 아이처럼.
내 기억에 우리 엄마는 최선을 다하셨어. 엄마는
나를 보스턴으로 데려가 헤어스타일을 바꿔 주었어.
미용사가 말하더라. 웃는 게 엄마랑 똑같네요.
나는 관심 없는 척했지만. 대신
나는 내 초상화를 완성시켰어.

내 어릴 때 다닌 교회가 있었는데
거기 하얀 찬장들은 우리 손이 닿지 않게 잠겨 있었지,
한 줄씩, 한 줄씩, 함께 노래 부르는 청교도들이나
선원들처럼. 우리 아빠는 헌금 접시를 돌리셨지.
이제 와 용서받기엔 너무 늦었어. 마녀들이 말했지.
내가 정확히 용서받은 건 아니었어. 대신 그들은
내 초상화를 완성시켰지.

3

여름 내내 스프링클러가
해변의 풀들 위로 동그랗게 떨어졌지.
우리는 가뭄에 대해 말했어.
그러는 동안 소금기 바짝 마른 들판이
다시 달콤하게 자랐고. 시간이 지나가는 걸 도우려

나는 잔디를 깎으려 했고
아침에는 내 초상화를 완성시켰어,
미소를 제자리에 잡아 두면서, 점잖게 보일 때까지.
한번은 네게 토끼 그림 한 장과
'모티프 넘버원'[1]이 담긴 그림엽서 한 장을 보냈어,
엄마가 되어서 옆에 없는 것이
평범한 일인 것처럼.

그 사람들은 내 초상화를 한기 도는
북향 자리에 걸어 놓았어, 나를
잘 지키려고 나한테 맞춘 거라네.
우리 엄마 건강만 더 나빠졌지.
엄마는 내게서 돌아섰어, 마치 죽음이 붙잡고 있는 것처럼,
마치 죽음이 옮겨간 것처럼,
마치 내 죽어감이 엄마 속을 파먹은 것처럼.
팔월에 넌 두 살, 하지만 나는 내 날들을 의심스레 꼽아
    보았지.
구월 첫날 우리 엄마는 나를 바라보며
말씀하셨어. 내가 엄마한테 암을 준 거라고.
그들이 엄마의 달달한 둔덕들을 도려냈고
여전히 나는 아무 대답을 하지 못했어.

4

그해 겨울, 엄마가 오셨어
소독한 옷을 입은
의사들로부터, 뱃멀미 나는
엑스레이의 유람선 여행으로부터
반쯤 돌아오던 길이었는데,
그만 세포들이
날뛰기 시작했지. 하다가 덮은 수술,
뚱뚱한 팔, 예후 나쁨, 그 사람들이
하는 말을 나는 들었어.

바다에 눈보라가 몰아치는 동안
우리 엄마는 여기서
자신의 초상화를 그리게 했지.
거울 동굴은
남쪽 벽에 있었어. 거기서
미소를 맞추고, 몸의 윤곽을 맞추었지.
너는 나를 닮았어. 낯선 얼굴이지만
너한테는 내 얼굴이 있어. 하지만 결국
너는 나의 것이었지.

나는 보스턴에서 겨울을 났어.

아기가 없는 신부
아껴 둘 달콤한 것 하나 없이
내 옆에는 마녀들만 있었고.
네 어린 시절이 너무 그리워,
나는 두 번째 자살을 시도했고,
두 번째 해에 문틈 꼭 막은 호텔에서.
만우절에 네가 나를 속여 먹었지. 우린 웃었고 이게
참 좋았어.

5
오월 첫날,
나는 마지막으로 그 호텔을 나왔어;
정신병 환자를 졸업한 거야,
내 정신과 의사의 승인으로,
운율 맞춘 완성된 책이랑,
타자기와 짐 가방을 갖고 나왔지.

그 여름 내내 나는 인생을 배웠어.
나 자신의 일곱 개 방으로 돌아와
오리 배도 타고, 시장도 다니고, 전화를 받고,
칵테일을 내오고 아내로서
응당 그래야 하듯, 팔월의 선탠과

나의 속치마들 사이에서

사랑을 했어. 그리고 너는 매 주말마다
왔어. 아니 나는 거짓말하는 거야.
넌 좀처럼 오지 않았어. 다만 나는 널 상상했어.
자그마한 새끼돼지, 몰랑몰랑한 뺨을 가진 나비
소녀, 말 안 듣는 세 살,
나의 끝내주는

낯선 이. 또 나는 배워야만 했지.
어째서 사랑하느니
차라리 죽고 싶은지를, 어떻게 하면
네 천진함이 다칠지, 내가 어떻게
어린 인턴처럼 죄책감을 수집하는지,
그의 징후들, 그의 확실한 증거들을.

우리가 글로스터에 갔던
그 시월 어느 날 빨간 언덕들은
내가 어릴 적 입고 논 빨간 털 여우 코트를
생각나게 했지. 곰 아니면 텐트처럼,
깔깔거리는 거대한 동굴 혹은 빨간 털 여우처럼,
꿈쩍도 않던.

44

우리는 차를 몰았지, 물고기 부화장과
낚시 미끼 파는 오두막을 지나,
피전 코브를 지나, 요트 클럽을 지나, 스콜스
언덕을 지나, 바다 꼭대기에서
가만히 기다리는 그 집으로,
마주 보는 벽에 초상화 두 개 걸려 있는 그 집으로.

6

북향 빛에 내 미소는 제자리에 고정돼 있고,
그림자가 내 뼈대를 표시하지.
거기 앉아 나는 무엇을 꿈꿀 수 있었을까?
내 전부가 기다리는 거기, 두 눈,
미소의 영역, 앳된 얼굴,
여우의 올가미 안에서 기다리는 거기.

남향 빛에 그녀의 미소는 제자리에 고정돼 있고,
그녀의 뺨은 바싹 마른
난초처럼 시들고 있고, 내 비웃는 거울,
빼앗긴 내 사랑, 내 최초의 이미지. 그녀는 그 얼굴로
나를 바라보네, 내가 웃자라 버린
죽음의 그 무표정한 머리로.

그 돌아봄에서 화가는 우리를 포착했어.
예견된 서로 다른 길을 택하기 전에
우리는 우리의 캔버스 집에서 미소 지었지.
말라붙은 붉은 털 여우 코트는 태우려고 만든 것.
나는 벽 위에서 썩어 가고, 나 자신의
도리언 그레이가 되어.[2]

이게 바로 그 동굴의 거울이었어.
자신을 빤히 응시하는 한 쌍의 여자. 마치
시간 속에서 석화된 듯, 암갈색 의자에 앉은 두 숙녀.
너는 할머니에게 입을 맞추었고
할머니는 눈물을 터뜨렸어.

7
주말 외에는
너를 되찾을 수 없었어. 너는 매번
내가 보내 줬던 토끼 그림을
꼭 쥐고 왔어. 나는 마지막으로 네 물건들을
꺼냈어. 습관처럼 우리는 만지네.
처음 왔을 때 너는 내 이름을 물었어.
이제 넌 영원히 머무는 거야. 나는 잊을 거야

실에 매달린 인형처럼 우리가 어떻게 서로 부딪혀
멀어졌는지. 사랑 같지 않았어,
우리가 함께 보낸 주말은. 너는
무릎을 긁히고 너는 내 이름을 배우고,
인도로 뒤뚱뒤뚱 올라서고, 소리 지르고, 울어.
넌 나를 엄마라 부르고, 나는 내 엄마를 다시 기억하지,
더 큰 보스턴 어딘가에서 죽어 가던.

너를 기쁨이라 부를 수 있도록
우리가 너를 조이스라 이름 지은 걸 나는 기억해.
강보에 폭 싸인 채 축축하고 이상하게, 너는
내 무거운 가슴에 어색한 손님처럼 왔어.
나는 네가 필요했어. 남자애는 원하지 않았어.
여자아이만을, 이미 사랑받고 있는, 그녀 자신의
집 안에서 벌써 시끄러운, 여자아이의
자그마한 우윳빛 입을 바랐어. 우리는
너를 기쁨이라 이름 지었어.
소녀가 되는 것에 한번도 확신 못 한
나인데, 그런 내게 또 한 생명이 필요했던
거야. 나를 연상시키는 다른 이미지가.
이게 내 가장 큰 죄: 너는 그걸 고칠 수도, 달랠 수도
없었다는 것. 나는 나를 찾기 위해 너를 만든 거야.

1) Motif number 1은 매사추세츠주 록포트 항구의 붉은 건물로, 미국
예술사에서 가장 많이 그려진 건물로 알려져 있다. 1840년에 지어졌다
1978년 화재로 소실된 후 같은 해 재건축되어 뉴잉글랜드 어촌의 상징물로
유명하다.
2) 오스카 와일드 소설『도리언 그레이의 초상』의 주인공으로, 아름다움과
추함, 도덕과 욕망 등 우리 안의 더블 이미지를 반추하게 하는 인물이다.

48

2부

내 모든 어여쁜 것들

망자들이 아는 진실

내 어머니(1902년 3월~1959년 3월)와
내 아버지(1900년 2월~1959년 6월)를 위하여

가셨어, 라고 말하며 나는 교회를 걸어 나온다.
묘지로 가는 딱딱한 행렬을 거부하고,
망자 홀로 영구차에 태워 보낸다.
유월이다. 나는 용감해지는 것에 지쳤다.

우린 케이프코드로 간다. 나는 나를
경작한다. 하늘로부터 태양이 도랑을 낸 곳에서
바다가 철문처럼 흔들리는 곳에서
또 우리는 만진다. 다른 나라에서 사람들이 죽는다.

자기야, 바람이 돌덩이처럼 쏟아진다
하얀 버찌같은 바다에서, 그리하여 우리가 만질 때
우리는 완벽한 접촉으로 들어간다. 누구도 혼자는 아니다.
사람들은 이걸 위해, 그만큼을 위해 죽이는 걸까.

그럼 망사들은? 그분들은 신발도 없이 누워 있다
돌로 된 보트 안에. 그분들은 돌덩어리 같다
바다가 멈춰 있을 때보다 더 딱딱하다. 그들은
축복받기를 거부한다, 목구멍, 눈과 손마디 뼈.

내 모든 어여쁜 것들

아버지, 올해의 불운이 우릴 그만 갈라 놓네요
당신은 차가운 잠에 빠진 엄마를 따라가신 거지요;
두 번째 쇼크가 그 돌멩이를 당신 심장에다 달구었지요.
당신이 감당할 수 없었던 집에서
당신을 해방시키고 나는 여기 버려 놓았지요:
황금 열쇠, 당신 분신인 방적기,
던스에서 맞춘 양복 스무 벌, 영국제 포드,
다른 유서엔 연인 이야기, 장황한 법의 문장
내가 모르는 사람들 사진이 들어 있는 상자들.
나는 그 종이 얼굴들을 만져 봅니다. 그들은 떠나야만 해요.

하지만 그 눈들, 이 앨범 속 숲처럼 빽빽한 그 눈들이
나를 붙잡네요. 여기서 멈춰 버린 나, 어린 소년이
주름 장식 드레스를 붙잡고 누가 오길 기다리네요……
나팔을 장난감처럼 움켜쥔 군인이거나
웃지 못하는 벨벳 옷 입은 여인이거나.
이분은 당신 아버지의 아버지인가요? 우편배달부 옷을
입은 준장은요? 그새 시간이 흘러, 아버지,
당신이 누굴 찾고 있는지는 중요하지 않게 되었네요.
난 이 얼굴들이 대체 다 뭔지 절대로 알지 못할 거예요.
나는 이제 그들을 책 속에 닫고 치워 버립니다.

이건 노란 스크랩북, 내가 태어난 해에
당신이 시작한 것. 이젠 담뱃잎처럼 바스락거리고
쭈글쭈글하네요. 오려진 기사엔 후버가 민주당을 추월한
이야기, 후버는 나와 금주법을 향해 마른 손가락을
꼼지락하네요. 힌덴부르크 비행선이 추락했다는 기사도,
당신이 전쟁에 대해 열 올리던 그 몇 년이죠.
올해엔, 능력은 있으나 편찮으셨던 당신이
만난 지 한 달 만에 그 예쁜 미망인과 결혼하려고 했지요.
두 번째 기회를 잡기도 전에 저는 당신 넓은 어깨에 기대어
울고 말았지요, 그리고 3일 뒤 당신은 돌아가셨어요.

결혼 생활 스냅 사진들, 여기저기서 나를 멈추게 하네요.
이번엔 나소를 향한 철길에 나란히 서 있군요;
여기에는 쾌속정 경주에 나가 딴 우승컵이 있네요.
여기엔 무도회가 끝날 때쯤 당신이 인사를 하고 있네요.
여기엔 발그레한 눈의 우리 개 사육장 옆에서,
우리 속의 전시용 돼지늘처럼 뛰고 있네요.
여기선, 마술(馬術) 경기에서 내 여동생이 상을 받고 있고요.
이제 나는 당신을 접습니다, 나의 술고래, 나의 항해사,
사라져 버린 내 첫 보호자, 사랑하는, 나중에 보게 될 당신.

나는 엄마가 3년간 써 왔던 5년짜리 일기장을

들고 있어요, 여기엔 엄마가 말해 주지 않았던 아빠의
술버릇이 적혀 있네요. 아빠가 늦잠을 잤다고,
엄마가 적어 놓았네요. 세상에, 아빠, 매 성탄절마다 당신
와인 잔으로 한잔해도 될까요? 저는 당신 핏줄이니.
아빠의 요란법석한 날들이 기록된 일기장은
제 책장으로 가 저의 시대가 지나길 기다리겠지요.
이렇게 축적된 세월 속에서만 사랑이 버티겠지요.
당신이 어여쁘든 아니든, 나는 당신보다 더 오래 살지요,
어색한 내 얼굴 당신 얼굴을 굽어보며 당신을 용서합니다.

어린 날

옛날 옛적에
내가 외로운 아이였을 때
차고 네 개 딸린 큰 집에서
내 기억하기로는
그때가 여름이었어,
밤에 나는 잔디 위에 누워 있었어,
내 밑에는 클로버들 구겨져 있고,
내 위엔 지혜로운 별님들 총총.
엄마 방 창문에선 노란 열기가
고깔 모양으로 흘러나오고,
아빠 방 창문은, 반쯤 닫혀 있어,
잠자는 자들이 지나는 눈,
그리고 우리 집의 울타리 판자는
밀랍처럼 하얗고 부드러웠어.
아마도 나뭇잎 백만 장이
귀뚜라미가 일제히 뛰어가는
신기한 줄기 위에서 돛을 펴는 듯,
또 나는 완전히 새로운 몸으로,
아직 여자가 된 건 아니었지만,
별들에게 내 질문들을 던져 보고는
생각했어. 하느님이 분명히 보실 거라고
그 열기와 색색의 불빛과,

팔꿈치와, 무릎, 꿈들과 저녁 인사를.

비통

누군가가 죽었다.
심지어 나무들도 그걸 안다,
요란스레 들어오는 저 늙고 가난한 무희들
초록 스카프들과 가시 장대.
내 생각엔……
내 생각엔 내가 죽음을 막을 수도 있었을 것 같은데,
내가 간호사처럼 단호했더라면
아님 그 운전수가 신호등을 무시할 때
그 운전수의 목을 봤더라면;
아님 그날 더 늦은 저녁,
내가 냅킨으로 내 입을 막았다면.
내 생각엔 아마 가능했을지도……
내가 달랐더라면, 똑똑했더라면, 침착했더라면,
마법으로 그 테이블을 끌어당겼을지도 몰라,
그 얼룩진 접시를, 아니면 점원의 손이라도.
하지만 이미 끝난 일.
모든 게 끝나 버렸는데
그렇다고 마른 풀밭에 가녀린 발을 뻗고 있는
나무들을 갖고 뭐라 할 수는 없지.
캐나다기러기 한 마리 날아오르네,
잿빛 스웨이드 셔츠처럼 펼쳐지네.
삼월의 바람 속에 끼룩끼룩 울면서.

입구엔 고양이 한 마리 새근새근
연청빛 털 위로 숨을 내쉬고.
저녁 식사는 끝났고 저 태양만
다른 할 일이 없어
제 갈 길로 저물어 가네.

큰 성취를 이룬 친구에게

이카로스를 보자고, 끈적이는 날개를 붙이고,
어깻죽지에 작고 요상한 걸 시험하는 모습을,
그리고 그 미궁의 잔디밭 위에 완벽하게 착지한
그 첫 순간 말이야. 그게 만든 차이를 생각해 봐!
저 아래 나무들은 낙타처럼 우스꽝스럽고;
여기엔 화들짝 놀란 찌르레기가 날갯짓하며 지나고
너무너무 잘하고 있는 순진한 이카로스를 생각해 봐;
돛대보다 넓게, 호화로운 대양의 폭풍과 안개
너머로 그는 날아가네. 그의 날개를 찬미하려무나!
그의 목에 열기를 느껴 봐 그가 어쩌다 무심코 위를
올려다보다가 그만 넋이 나가 그 뜨거운 눈 속으로 경이롭게
파고들었는지 봐. 이카로스가 바다에 떨어진들 누가 상관해?
태양을 연호한 뒤 수직 낙하하는 그를 봐.
기민한 그의 아버지는 마을로 뛰어가고.

별이 빛나는 밤

마을은 존재하지 않는다
검은 머리 나무 한 그루 뜨거운 하늘로
익사한 여자처럼 스르르 빠지는 곳만 빼고는.
마을은 고요하다. 그 밤은 열한 개의 별들로 끓어오른다.
아아, 별이 빛나는 별이 빛나는 밤! 이렇게 나는
죽고 싶어라.

밤은 움직인다. 별들은 모두 살아 있다.
달조차도 주황색 사슬 차고 툭 튀어나와 있다.
신처럼, 눈에서 아이들을 밀어내기 위해.
안 보이는 늙은 뱀이 별들을 삼킨다.
아아, 별이 빛나는 별이 빛나는 밤! 나는 이렇게
죽고 싶어라.

저 밤의 돌진하는 짐승에게로,
그 거대한 용에게 빨려 들어가,
깃발도 없고
배알도 없고,
울음도 없는

내 인생에서 떨어져 나가고 싶어.

애가에 맞서는 저주

아, 자기, 우리가 왜 이렇게 다투어야 하지요?
난 당신 그 모든 경건한 말들이 진저리나는데.
또 모든 망자들에게도 지쳤고요.
망자들은 듣지를 않아요.
그러니 그들을 그냥 내버려 둬요.
당신의 발을 묘지에서 거둬들여요.
그들은 죽어 가느라 여념이 없잖아요.

책임은 항상 모두에게 있었지요.
마지막으로 비어 있는 다섯 번째 술잔과,
뒤쪽 문지방에서 진흙에 덮여 꼼짝 못 하는
녹슨 못들과 닭의 깃털
고양이 귀 밑에 살던 벌레들
언젠가 벼룩 들끓던 날에 대해서가 아니라면
부르기를 거부하는
입술 얇은 설교자,
그가 희생양을 찾으며
마당으로 발을 질질 끌며 나왔을 때
난 부엌 안 잡동사니 밑에 숨었어요.

저는 망자들을 기억하지 않을 거예요.
게다가 망자들은 그 모든 일을 지루해해요.

그러나 당신 — 당신은 계속하세요,
계속, 계속해서 아래로 내려가세요.
그 묘지 속으로,
그들의 얼굴이 있을 것 같은 그 어디쯤에 누워
당신의 오랜 지독한 꿈들을 들려주세요.

낙태

태어났어야 할 누군가가
사라졌다.

마치 대지가 입을 오므리듯,
꽃봉오리 하나씩 마디마디에서 터져 나오고,
나는 신발을 갈아 신고 남쪽으로 차를 몰았다.

블루 산맥을 지나서
크레용으로 그린 고양이처럼, 녹색 머리카락을 한
펜실베이니아의 산봉우리들이 끝없이 이어지고

도로들은 회색 빨래판처럼 꺼져서,
실은 땅이 불길하게 갈라진 것인데,
검은 구덩이에서 석탄이 넘쳐흘렀다.

태어났어야 할 누군가가
사라졌다.

풀은 골파처럼 빳빳하고 억세고,
땅이 언제 갈라질지를 생각하는 나,
연약한 모든 것들이 어떻게 살아남을지 생각하는 나;

펜실베이니아 위쪽에서 나는 작은 남자를 만났다.
룸펠슈틸츠헨[1]은 아니다, 절대, 절대로······
그는 사랑이 착상했던 그 충만함을 앗아갔다.

북쪽으로 돌아오는 길, 하늘조차
어디도 안 보이는 높은 창문처럼 희미해졌고,
도로는 온통 양철 판처럼 평평했다.

태어났어야 할 누군가가
사라졌다.

그래, 여자여, 그런 논리로는 죽음 없는
상실에 다다를 것이다. 아니면, 네 뜻한 바를 말하라,
이 겁쟁아······. 내가 피로 흘려 버린 이 아기.

---

1) 독일 말로 작은 방울 기둥이라는 뜻. 민화에 나오는 난쟁이로, 남편인
왕자의 분부에 입장이 난처해진 아가씨를 도와 대신 아마(亞麻)를 짜서
황금으로 둔갑시켜 준다. 그 대가로 그의 이름을 알아맞히거나 아니면 첫
아기를 달라고 요구하는데, 아가씨가 이름을 알아맞히자 화가 나서 자취를
감춘다.

탐욕스러운 이들에게 자비를

고해성사 약속을 잡으라고 내게 재촉하는,
나의 친구, 루스에게.

네 편지에 대해 말하자면, 그 안에 너는
내게 신부님을 청하라고 썼고, 그 안에 너는
내게 십자가를 목에 걸라고 썼지, 네가 함께 보낸,
너 자신의 십자가를,
개가 물었던 너의 십자가를,
엄지손가락보다 크지 않은,
나무로 만든 작은, 가시 없는, 이 장미를 —

나는 십자가의 그림자에게 기도를 해
그 회색 공간
네 편지 위에 그림자 드리운 그곳은…… 깊고, 깊어.
나는 내 죄를 증오하므로, 십자가를
믿으려 해. 나는 십자가의 부드러운 둔부와, 검은 턱,
견고한 목, 고동색 옆면을 만져 보았지.

사실이야.
아름다운 예수님이 있어.
그는 소고기 덩어리처럼 뼛속까지 얼어붙어 있어.
그가 얼마나 필사적으로 팔을 당기고 싶었을까!
내 얼마나 필사적으로 그의 수직, 수평 축을 만지는지!
하지만 할 수 없네. 필요가 분명한 믿음은 아니야.

아침 내내
나는 네 십자가를
하고 있었어. 내 목에 포장 끈으로 매달려 있던 십자가,
십자가는 아이의 심장이 뛰듯 가볍게 나를 두드렸어,
톡톡톡톡 두드리며, 태어나기를 살며시 기다리며.
루스, 나는 네가 써 준 편지를 소중히 간직하고 있어.

내 친구, 나의 친구야, 나는 죄에 관한
참조 작업을 하며 태어났지. 그리고
이를 고백하면서 태어났어. 시란 그런 것이야.
자비를 갖고
탐욕스러운 이들을 위해,
시는 혀의 언쟁,
세상의 죽, 쥐새끼의 별.

늙음이란

나는 주삿바늘이 무서워.
나는 고무 시트와 튜브에 지쳤어.
나는 내가 모르는 얼굴들에 지쳤어.
그래서 생각하지. 죽음이 시동을 걸고 있다고.
죽음은 꿈처럼 시작한다네.
사물들과 내 언니의 웃음으로 가득한 꿈.
우리는 젊고 우리는 걷고 있고
야생 블루베리를 따고 있어.
다마리스코타로[1] 가는 길 내내.
오, 수전, 언니가 외쳤어.
너 새 블라우스에 뭘 묻혔구나.
달콤한 향―
입안 가득
다디단 푸른 즙 흘러내리네
다마리스코타로 가는 내내.
너 뭐 하니? 나 좀 내비 둬!
내가 꿈을 꾸고 있는 게 안 보여?
꿈속에서 언니는 팔십일 리가 없어.

---

1) 미국 메인주의 작은 도시

사형 집행자

합리적인, 합리적인, 합리적인…… 우리는 그들이
늘 집이라고 부르는 열 채의 다른 집들을 지나 걸었다,
걷다가 한 건물을 봤는데 거기 너처럼 생긴 아기들이 있어
그이들이 좋아하더라. 매번, 아무도 갖지 못한 눈들이
우리를, 바깥의 움직이는 거리에서 온 이 방문자들을
조용히 바라보았어. 쳐다봤지만 그들은 시간에 대해선
알지 못했지, 아기들이 자라지 않는 거기 그 집에서는.
내 아들아, 순진하고 유순하지만
네 두뇌는 쓸모없어졌지.
네가 죽을 뻔했던 그 여섯 번
신약과 가족들 난리법석이
너를 다시 잡아당겼어. 공기를
공급받고선, 내 죄스러운 소망과는 반대로
너의 꽉 막힌 파이프들이
죽음에서 돌아온 나사로처럼 울부짖었어.

처음에 네 엄마는 말했단다…… 왜 나냐고, 왜 나냐고!
하지만 그녀는 그걸 이겨 냈어. 이제 그녀는 하루하루
지루하게 아기를 돌보며 정신없이 바쁜 용맹을 즐기지.
너는 누구도 사랑하지 않아. 그녀는 아들을 키우는 게 아냐;
그녀는 목에 짊어진 돌덩이 하나를 키우고 있어.
침대에서 여러 밤 그녀의 입은 내게 차갑게 코를 골고

몸을 돌려 그녀의 키스가 바다 밖으로 내달릴 때면
나는 괴물이라든가 난파선 같은
나쁜 이야기들을 생각한다네.
차례로 아들 아홉을 죽인 왕의 이야기,
스칸디나비아의 우화를 나는 생각한다네.
도매금으로 학살되어,
그들은 하나의 생을 공통으로 가졌던 것이지,
네가 나의 생을 가지고 있는 것처럼,
내 아들아.

가정주부

어떤 여자들은 집과 결혼한다.
그것은 또 다른 종류의 피부다. 그것은 심장,
입, 간, 그리고 똥을 갖고 있다.
벽은 영구적이며 분홍빛이다.
보아라, 그녀가 종일 무릎을 꿇고 앉아
어찌나 성실히 자신을 씻어 내리는지.
남자들은 웅크린 요나처럼 완력으로
그들의 풍만한 어머니들 속으로 들어간다.
여자는 여자의 어머니이다.
이게 중요한 것이다.

3부

살거나 죽거나

또 하나는 내 마님을 위해

타고난 영업사원,
내 아버지는 필드크레스트, 울리치, 패리보에
양모를 팔아 그 모든 돈을 다 벌었다.

타고난 입담꾼,
내 아버지는 그 축축한 수백 개의
하얀 뭉치를 팔 수 있었다. 거리와 매출을 가늠하여

값을 치르게 할 수 있었다.
그가 구사했던 문장들은 집에서 그 번질한
버터에 값을 치른 구매자를 맨 먼저 만족시켰더랬다.

단어 하나하나가
어쨌거나, 되풀이 실험되었다.
내 접시를 채워 준 사람한테 넘어간 그 남자에게.

내 아버지는
요크셔 푸딩과 쇠고기 위를 맴돌았다.
행상인, 매 사냥꾼, 장사꾼에다 인디언 추장이었다.

루스벨트! 윌키! 그리고 전쟁!
겉늙은 처녀의 심장으로 우스운 십 대의 박수를 치며

문득 나 얼마나 어색했는지.

매일 밤 집에서
내 아버지는 지도와 사랑에 빠졌다.
라디오가 나치며 일본 놈들과 전투를 치르는 동안.

사흘 연속 술에 취해
침실에 콕 박혀 있을 때를 빼고,
아버지는 복잡한 여행 일정을 짜고, 가방을 싸고

짐 가방을 맞추어 들고
확정된 예약 티켓을 주머니에 넣었다,
마음은 이미 그 나라의 주요 도로들을 밀어붙였고.

나는 내 책상에 앉아
매일 밤 갈 곳도 없이
밀워키와 버펄로의 구겨진 지도들을 펼쳐 보고,

미국 전역의
그 공동묘지들을, 제멋대로의 시간대를
작은 혈관 같은 길들과 작은 돌멩이 같은 주도들을 지난다.

아버지는 길 위에서 죽었다.
목부터 등까지 가슴이 짓눌려서
아버지 하얀 손수건이 캐딜락 창문에서 신호를 보냈다.

내 남편은
그림책처럼 파란 눈의 그이는 양모를 판다,
못쓰는 카드, 실타래 상자에서 그이는

실을 뽑아낼 수 있다.
그러곤 말한다. 레스터, 랑부이예, 메리노
잡종이라 끈끈하고 두꺼워, 오래된 눈처럼 누렇지.

당신이 차를 몰고 떠날 때면, 여보,
그럼요, 그럼요, 하나는 마님 거예요!
내 아버지의 이름이 새겨진 당신 샘플 상자들,

당신 여정이 펼쳐지고,
끼긱 부리나케 빠져나가는 통행료
새로운 사랑처럼 속전속결로 건설된 고속도로들.

1962년 1월 25일

익사 따라하기

익사가
두려워서,
혼자 되는 게 두려워서,
나를 바쁘게 만들었다,
그걸 벗어날 수 있는 길을
돈으로 살 수 있는 것처럼 흥정하며.
꼬박 2년하고도
온 칠월 동안은 그게 먹혔다.

올 팔월에 나는 익사하는 꿈을 꾸기 시작했다. 죽음은
계속되었다 매일같이 5시 반만 되면 마시는 진처럼
하얗고 맑은 물 속에서. 마지막으로 내려가면서, 마지막
    숨을
내려놓으며, 나는 밧줄 같은 장어들과 씨름한다 ─
그건 가볍고 기묘하다, 그러고는 마침내,
끝. 이제 쓰레기 청소꾼들이 다가온다, 바다 바닥을
청소하러 기어오는 그 단단한 녀석들. 그리고 죽음,
그 오래된 도살꾼은 나를 더는 괴롭히지 않을 것이다.

전에는
단 한 번도
이런 꿈을 꾼 적이 없다.

딱 두 번, 엄마 아버지가
뗏목에 딱 달라붙어
야한 사진처럼
얼어붙은 채
죽음을 기다리며 같이 앉아 있던 때를 빼곤.

누가 꿈에 귀를 기울이나? 뭔가의 상징뿐인걸 ──
상담사에게 낼 돈, 혹은 당신 어머니의 가발을 살 돈처럼,
세탁실 탈수기에 잃을 뻔했던 내 팔처럼,
두려움을 그 핵심까지 따라가는, 낡은 실을 잡아당기는
무언가. 하지만 진짜 익사는 다른 누군가를 위한 것.
그건 고의로 당신 입에 집어넣기엔 너무 거대해.
당신 혀에 뜨거운 침을 박아 넣고는 당신 폐가 망가지는
　　　사이에
당신 코에다 게워 낸다. 저 곡예사가 튕기는
축축한 개처럼, 당신은 잠에서 깨어 죽는다.

공포,
모터가
나를 퍼 올리고 또 퍼 올린다.
마침내 나는 서서히 희미해지고
모여든 사람들은 웃는다.

나는 점점 작아진다, 살아 날 가능성이
보험 계리사의 그래프로 가늠되는
늙은 자전거 운전자.

이번 주말 신문은 새로 난 고속도로의 사망자들로 새까맣고
보스턴의 교살범은 또 다른 피해자를 찾아냈으며
우리는 트루로에[1] 모여 맥주를 마시며 수표를 쓴다.
다른 이들은 고무보트를 썰매처럼 지휘하며 파도를 탄다.
나는 헤엄쳤다, 하지만 조수가 만 번의 오르가슴만큼
    몰려왔다.
나는 헤엄쳤다, 하지만 파도가 말의 목덜미보다 더 높았다.
나는 옷장 속에 갇혔다, 마침내, 문을 물어뜯으며,
그들이 나를 잡아 끌어냈다, 모래사장에 똑똑 오줌을 지린
    나를.

숨 좀 쉬어!
그러면 알게 될 거야……
초콜릿 단지 속 개미 한 마리,
초콜릿이 끓어올라
너를 둘러싼다.
두려움엔 새로울 게 없지만
결국 너를 익사시키는 것은

바로 두려움이다.

1962년 9월

---

1)　영국 콘월주의 작은 도시.

엄마와 잭과 비

내겐 나만의 방이 있다.
비가 떨어지는 방. 나무에서 떨어지는 벌레처럼
비는 내 이마뼈 위에 떨어진다.
사로잡혀, 비에 늘 사로잡혀, 그 방은
나 혼자 만들어 낼 말들을 똑똑히 말한다.
나는 눈먼 사람처럼 온다, 책장 선반들 더듬으며
사과처럼 단단한 나뭇결 더듬으며,
나의 칼날, 펜을 가볍게 쥐고서.
이 펜과 함께 나는 내 자아들을 거머쥔다.
이 죽은 제자들과 함께 나는 씨름할 것이다.
비록 비는 창문을 저주하지만
시는 어떻게든 지어진다.

비는 내 안구 위의 손가락이다.
비는 불필요한 옛 이야기를 거듭 말하고……
나는 마구간으로 향하는 말처럼 잠자리에 들었다.
눅눅한 여름 침대에서 나는 내 짬짤한 무릎을 안고
벽 너머로 아빠가 내게 뽀뽀하는 소릴 들었고
파도처럼 출렁이는 엄마의 심장 소리를 들었다.
안개 주의 경적이 바다에 낮게 가죽처럼 깔리고.
나는 항해는 하지 않았다. 여권도 없었다.
나는 딸이었다. 위스키가 옆방에서 아빠 기운을

북돋웠다. 아빠는 그 날씨보다 오래 버텼고,
자기가 거둔 전리품을 세고는 자기 배를
항구에 댔다.

비, 비, 열여섯에
나는 작은 호수 옆에서 밤새 잭과 함께 누워 있었다.
아무것도 하지 않았고 그린빈처럼 똑바로 누워만 있었다.
우리는 브리지나 맥주 게임을 했다, 게임을 위한 게임.
램프에 등유를 채워 넣었고,
이를 닦았고, 샌드위치와 차를 만들고,
오두막 침대에 누워 잤다.
누워서 나는, 눈먼 호수가 되어 잠든 척했고
그러는 동안 잭은 양털 이불을 걷어 올려
내 몸을 보려고 애썼다, 소녀들이 지니는
그 안 보이는 몸을 보려고.
그 달달한 밤 내내, 우리는
등을 맞대고 그 폭풍을 신나고 신났다.

이제 잭은 미사를 집전하고
엄마는 당신의 뼈를 목발 삼아 쓰다 돌아가셨다.
숲 위에 비가, 유리 위에 비가 있다.
그리고 나는 나만의 방에. 나는 너무 많이 생각한다.

물고기들이 신의 눈에서 헤엄쳐 나온다. 그냥 지나가게
    하라.
엄마와 잭이 천국을 가득 채운다; 그들이
내 여성성을 보증한다. 내 배가 육지로 다가오고.
나는 내 말을 타려고 이 땅에 온다,
내 기타를 치려고, 해바라기 같은
두 개의 다른 이름들을 따라 쓰려고,
내 일용할 양식을 만들어 내려고, 견뎌 내려고
어떻게든 견뎌 내려고.

1962년 10월

천사들과 사귀기

나는 여자로 사는 일이 지긋지긋해,
숟가락이 지긋지긋하고 냄비들이 지긋지긋하고,
내 입이 지긋지긋하고 내 가슴이 지긋지긋하고,
화장품이 지긋지긋하고 실크가 지긋지긋해.
여전히 내 테이블에 앉아 있는 남자들이 있었어,
내가 차려 바친 그릇 주위로 둘러앉는 남자들이.
그릇엔 보랏빛 포도가 가득했는데
파리들이 냄새를 맡고 꼬여 들었고
아빠마저 그 하얀 뼈와 함께 오셨어.
하지만 나는 사물들의 젠더가 지긋지긋해.

어젯밤 나는 꿈을 꾸었지.
내가 그에 대고 말했어⋯⋯
"당신이 정답이군요.
당신이 내 남편보다 내 아빠보다 오래 살 거잖아요."
꿈속엔 사슬로 만들어진 도시가 있었고
거기서 잔 다르크는 남자 옷을 입고 사형에 처해졌고,
천사들의 천성은 알려진 바 없었어.
같은 종은 둘도 없었고,
하나는 코가 있고, 하나는 손에 귀가 있고,
하나는 별을 씹어 먹고 그 궤도를 기록하고,
각각이 자신에게 복종하는 시와 같았지,

하느님의 권능을 수행하며,
떨어져 있는 하나의 종족.

"당신이 정답이군요."
그리 말하고 들어서면서
나는 도시의 입구에 누워 보았어.
그러자 사슬들이 나를 둘러 채워졌고
나는 내 공통된 성(性)과 최후의 면모를 상실했지.
아담은 내 왼쪽에 있었고
이브는 내 오른쪽에 있었고
둘 다 이성의 세계에 완벽히 어긋났지.
우리는 서로 팔짱을 끼고
태양 아래로 내달렸어.
나는 더 이상 여자가 아니었어.
이것도 아니었고 저것도 아니었어.

오, 예루살렘의 딸들이여,
왕이 나를 그의 침소로 부르셨나니.
나는 검고 나는 아름답도다.
나는 열어젖혀 옷을 벗기우고.
내겐 팔도 다리도 없도다.
물고기처럼 나는 그저 하나의 피부.

나는 더 이상 여성이 아니야
그리스도가 남성이 아닌 것처럼.

1963년 2월

사랑 노래

나는
행운의 편지를 믿는 소녀였고
관이나 열쇠 구멍에 대해 할 말이 많은 소녀였고
전화요금 고지서에 대해서도 할 말 많았고,
구겨진 사진과 잃어버린 관계들의 소녀였고,
계속해서 이렇게 말한 소녀였지 —
들어 봐! 들어 봐!
우린 절대! 우린 절대!
그리고 그 모든 것들……

나는
코트 속에 반쪽 가려진 눈,
커다란 암회색의 파란 눈을 가진,
소리굽쇠처럼 콧노래를 불렀던 소녀,
수그린 목 위로 가느다란 혈관 비치는,
건물처럼 맨살 드러난 어깨,
가녀린 발과 가녀린 발가락,
입안에 오래된 붉은 갈고리가 있어,
입에서 계속 피가 흘러
영혼의 끔찍한 들판으로 떨어졌지……

나는

줄곧 꼬박꼬박 졸던 소녀,
돌멩이만큼 나이를 먹었고,
양손은 시멘트 조각 같았고
몇 시간, 몇 시간이 지난 뒤
그 소녀 깨어났는데,
그 작은 죽음 이후,
소녀는 그만큼 보드랍고,
그만큼 섬세해져서……

넘치는 빛만큼
보드랍고 섬세해져서
위험한 거라곤 전혀 없이,
한 끼 먹는 거지처럼
혹은 뚜껑문이 없는 지붕 위의
한 마리 생쥐처럼,
그녀 손 안의 당신 손보다
더 정직한 것은 없는 소니
당신 외엔 아무도, 아무도 없어요!
그리고 그 모든 것들.
당신 외엔 아무도, 아무도 없어요!
오! 저 바다를,
저 음악을,

저 연극을,
저 조랑말들의 들판을
번역하기란 불가능해.

1963년 4월 19일

남자와 아내

비애에 대해 말하자면
　　이는 결혼 안에 있다……

우리는 연인이 아니다.
우리는 서로를 알지도 못한다.
우리는 닮았다
하지만 우리는 할 말이 없다.
우리는 한 쌍의 비둘기 같다……

실수로
교외로 날아든 비둘기 한 쌍,
노스엔드에 있는 과일 가판대와
루이스버그 광장의 자수정 창들과
커먼 공원의 벤치를 닳도록 드나들며
막힌 벽에 자기들 작은 머릴 들이박던
그곳 보스턴을 버리고
쿵쿵 쿵쿵 지나는
차량 통행도 버리고 왔다.

이제 모두를 위한 초록 비가 내린다.
허풍처럼 흔해 빠진.
이제 그들은 함께이다

의자 두 개짜리 바깥 화장실의 타인들처럼
함께 먹고 함께 쪼그려 앉은.
그들은 이와 무릎이 있지만
말은 하지 않는다.
군인은 같은 땟국물과
같은 충격을 공유하기 때문에
다른 군인과 꼭 함께 있어야 한다.

그들은 망명자다
같은 땀과 술고래의 꿈으로 더럽혀진.
그게 그들이 의지할 수 있는 유일한 것이라서
그들의 붉은 발톱은 같은 다리에 찬
수갑처럼 상처를 입힌다.
그들의 노래조차 확실한 것은 아니다.
그건 언어가 아니라,
일종의 숨쉬기 같은 것.
보송보송 조그마한 파이프를 통해
숨을 들이쉬고 내뱉는
두 명의 천식 환자.

그들처럼
우리도 말하지도 목청을 가다듬지도 않는다.

오 자기야,
우리는 술고래의 꿈에 취한 채
창유리 옆에서 함께 헉헉거린다.
그들처럼
우리도 다만 버틸 뿐이다.

하지만 그들이 그 거리를 날 수만 있다면
그들은 우리 심장을 뚫어 버릴 것이다

1963년 5월

그 시절……

여섯 살 나이에
나는 인형으로 가득 찬 무덤에서 살았어.
나 자신,
나의 몸, 이 괴상한
집의 용의자를 피하면서.
나는 대문 뒤 내 방에 하루 종일 갇혀 있었어.
교도소의 독방.
종일토록 묶인 채 앉아 있는
나는 추방자였어.

내 어린 시절 잔혹사에 대해 말하자면
나는 마지막으로 주어진
마지막으로 얻은
셋째 아이였으니 ―
어머니가 내 옷을 벗기던 매일 밤의 수치와,
내 방에 갇혔던 한낮의 삶에 대해 말하자면 ―
나는 원치 않던 아이,
아버지와 이혼 않으려고
어머니가 이용한 실수.
이혼!
낭만주의자의 친구,
다른 나라의

지도 안으로 날아가는 낭만주의자들,
엉덩이와 코와 산 속으로,
아시아나 독일의 검은 숲으로 날아간,
아니면 1928년, 그 나의 해에
실수로,
붙잡혀 버린,
이혼하지 않으려고
그 대신으로.

'그 나'는 내키지 않으면
젖을 빨지 않았고
그 나는 몸에 자신없이 자랐고
그 나는 자기가 부술 수 없는
인형들의 코를 밟았지.
그 인형들을 생각해 보니,
너무 잘 만들어졌고
너무 완벽하게 조립되어서
그 조그마한 가짜 입에 입 맞추며
그 인형들을 꼭 눌렀더랬지.
인형의 부드러운 피부를 기억해.
새로 만들어진
분홍빛 피부와 진지한 녹청색 눈동자.

인형은 신비로운 나라에서
출생의 고통 없이
조용히 잘 태어났지.
내가 가고 싶을 때,
벽장은 내 인생을 연습한 곳,
하루 종일 신발들 사이에서
천장의 전구 불빛을 피해
침대와 무거운 식탁을 피해
벽에 반복되는 그 끔찍한 장미 무늬를 피해.

나는 그걸 묻지는 않았어.
나무에 숨는 사람처럼 나는 벽장에 숨었어.
나는 뿌리처럼 그 안으로 자라났지,
하지만 여행 계획도 세웠으니,
내 몸을 하늘로 데려갈 것이라고,
커다란 침대처럼 질질 끌고 갈 것이라고 믿으며.
비록 훈련을 받지는 않았지만
나는 하늘로 올라갈 거라고 적어도
엘리베이터처럼 올라갈 거라고 확신했지.
그런 꿈을 꾸면서
황소처럼 힘을 비축하며
나는 내 성장을, 내 여성성을

안무를 연출하듯 계획했지.

나는 알았어, 만약 내가 신발들 사이에서 기다린다면
내가 웃자라 이 신발들이 맞지 않으리란 걸.
무거운 운동화, 그 두꺼운 빨강 운동복들,
짝처럼 함께 놓여 있는 신발들,
그리핀 세면대처럼 두꺼운 운동화,
그리고 내 위에서 흔들리는 드레스들,
늘 내 위에서, 공허하고 실용적인
장식 띠와 어깨 뽕,
칼라와 5센티 단,
그리고 벨트에 깃든 불운들.

하루 종일 앉아서 나는
내 심장을 신발 상자에 쑤셔 넣었어,
그 소중한 창문을 피하면서
그게 못생긴 노이기라도 한 듯
무성한 나무들에 결박된 채
새들은 창문을 통해 쌕쌕거리고,
말미잘처럼 입술에서 혀가
계속해서 피어나는
방의 벽지를 피하면서,

이렇게 하루가 끝나기를 기다렸어,
그러다가 나의 어머니,
그 큰 사람이
내 옷을 억지로 벗기러 들어왔지.

내 조그만 자긍심을 비축하며
나는 거기 조용히 있었어.
문이나 벽장에 대해 나는 물어보지 않았어.
차가운 목욕탕 타일 위에서
매일 나를 펼쳐 보이며
잘못을 검사받는
취침 전 의례에 대해서도 질문하지 않았어.

나는 알지 못했어,
내 뼈들이
그 단단한 것들, 그 조각들이
쪼개지지 않을 거라는 걸.

나는 몰랐어, 내가 어떤 여자가 될지
내 안에서 매달 이국의 꽃처럼
어떤 피가 피어나리란 것도 몰랐어,
또 그 아이들도 몰랐어,

두 기념물,

두 여자 아이가 내 다리 사이를 박차고 나와

태평하게 숨을 몰아쉬며 그 자그마한 아름다움으로

잠들리라는 것을 나는 알지 못했어.

내 인생이 결국엔 내 엄마의 인생을 트럭처럼

치고 지나가리란 것을 알지 못했어,

그리고 내 여섯 살 시절 이후로

남아 있게 될 전부가

내 심장의 작은 구멍, 귀먹은 자리 하나여서,

그래서 나는 말해지지 않은 것을 더 분명히

들을 수 있게 되리란 걸

나는 알지 못했어.

1963년 6월

두 아들

어디서 누구와
네가 결혼했는지 나는 그저 단편적인 방식으로
추측만 할 뿐. 나는 비통하게 늙어 가고 있다.

너희 둘 갑자기 결혼하던 날
그 특별한 때 나는 싸구려 포도주를 따고
마요네즈에 통조림 바닷가재를 먹네.

나는 늙은 여인의 방에 앉아 있다,
가족들이 잔치를 벌이던 곳
바람이 북북동쪽에서 검댕처럼 불어오는 곳.

너희 둘 다 독점되어서
거주하는 회송 주소도 없고,
굳이 집으로 보낸 그 웃기는 엽서 두 장 빼고는.

그중 하나는 네가 멕시코에서
그녀의 드레스를 벗기며 쓴 번드르르한 엽서
다른 하나는 로마에서 항공우편으로 보스턴에 보낸,

미국 교회에서
그 작은 예식 직전에 쓴 엽서.

너희 둘은 내가 만든 요리를 먹고 자랐다, 내가 만든 죽과

소고기 곁들인 저녁 식사, 내 책들로,
내 약으로, 내 목욕물로
둘 다 갈색 연못 속 진흙투성이 수달처럼 가라앉으면서!

너는 내일 먹을 토스트를 굽고 네가
헛짚은 여인들이 내가 마련한 음식을 실컷 먹도록 두면서
그 컵을 박살 내는구나.

네가 돌아오면 나는
노란 가발을 하나 사려고.
나는 새로 산 빨간 원피스를 입고 부엌 바닥에서

혼자 카드놀이를 할 거야.
그래…… 나는 잘린 꽃꽂이 꽃처럼 정신 바짝 차리고
네가 어떻게 지내는지 어디에 있었는지 물어볼 거다.

1963년 6월 22일

실비아의 죽음
— 실비아 플라스를 위하여

아, 실비아, 실비아,
돌멩이들과 숟가락 담긴 고요한 상자를 두고서,

작은 놀이방에서 제멋대로 돌아다니는
두 아이, 두 개의 유성을 두고서

책장이 되고 대들보가 되고
말 못하는 기도가 된 너의 입을 두고선

(실비아, 실비아,
감자 키우고
벌 친다고
데번셔에서
편지 적어 보내더니,
넌 대체 어디로 가 버린 거니?)

넌 무엇을 지켰던 거야,
어떻게 그렇게 누워 있는 거야?

이 도둑아! —
어떻게 혼자 그리 가 버리니?

내가 그리 절실하게 오래도록 소원한
죽음 속으로 너 혼자서 기어들어 간 거야?

우리 둘다 벗어났다고 했던 그 죽음
우리 깡마른 가슴으로 입고 있던 그 죽음,

매번 우리가 너무 자주 이야기해서 보스턴에서
드라이 마티니를 세 잔이나 더 마셔야 했던 그 죽음

정신과 의사들과 치료법에 대해 이야기했던 죽음
사연 있는 신부들처럼 이야기했던 죽음

우리가 건배를 하던 그 죽음,
이유들, 그러곤 그 조용한 실행?

(보스턴에서
죽어 가는 이들은
택시를 타지,
그래 또다시 죽음,
우리의 아들과
집으로 돌아가는 길)

아 실비아, 나는 옛 이야기로 우리 눈을 두드리던
그 졸린 드럼 연주자를 아직도 기억해.

우리가 얼마나 원했던지, 그가
사디스트나 뉴욕의 요정처럼 와 주길,

와서는 자기 일을 해 주기를,
꼭 필요한 일, 벽에 창문이나 아기 침대,

그때 이후로 그가 우리 가슴 밑에서,
우리 찬장 아래서 기다렸기에

이제 나는 알아, 매해 우리가 그를,
오래된 자살들을 비축해 두었다는 것을,

이제 나는 알아, 네 부고를 받은 후,
소금 같은, 그 끔찍한 맛을.

(그리고 나,
나도 또한.
그리고 이제, 실비아,
너도 또한

또다시 죽음과 함께
우리의 아들과 함께
집으로 돌아가는 길)

그리고 나는 그저 말하네
저기 돌이 놓인 곳에 내 팔을 뻗으며,

오래된 소유물이 아니라면,
네 죽음이 무엇인지,

네 시들 중 한 편에서
떨어져 나온 하나의 점인 걸까?

(오 친구여,
나쁜 달이 뜨고
왕이 떠나 버린 시간,
여왕이 어쩔 줄 몰라 하는 그 시간은
술고래가 노래해야 할 때!)

오, 자그만 어머니,
그대 또한!
오, 유쾌한 공작부인!

오, 금발의 것아!

1963년 2월 17일

미치광이의 해를 위하여
— 기도

오 성모님, 연약한 어머니여,
내 비록 당신의 언어를 모르지만
제 말을 들어 주소서, 지금 저의 말을 들어 주소서.
은 십자가 달린 검은 묵주가
축성도 못 받고 제 손에 놓여 있네요.
저는 신자가 아니어서요.
묵주 알은 내 손가락 사이사이 둥글고 단단하여
작고 검은 천사입니다.
오 성모님, 이 은총을 제게 허락해 주소서,
이 건너감을,
비록 제가 저의 과거와
저의 광기에 잠긴
못난 사람이지만.
의자가 있어도
저는 바닥에 눕습니다.
묵주 알 만지는
저의 손만이 살아 있어요.
한 마디, 한 마디 어설프게 기도합니다.
초보 신자이나 당신 입술이 제 입술에 닿는 걸 느낍니다.

파도처럼 저를 강타하는
묵주 알을 셉니다.

숫자가 여전히 불편해요,

아프네요, 여름의 열기 속에 아프네요,

저 위의 창문만이

저의 유일한 청자, 저의 어색한 존재.

그녀는 어마어마한 응대자, 위로자이고요.

숨결 주시는 분,

그녀는 중얼거려요,

거대한 물고기처럼 큰 허파로 숨쉬며.

점점 더 가까이

제 죽음의 시간이 다가오네요,

표정을 가다듬고, 다시 자랍니다,

점점 미숙해지고 머리는 직모가 되고요.

이 모든 것이 다 죽음입니다.

머릿속에 죽음이라는 좁은 골목이 있고

마치 물길을 통과하듯

저는 그곳을 통과합니다.

제 몸은 무용해요.

카펫 위에 웅크린 개처럼 그저 누워 있어요.

이미 포기했어요.

대충 배운 「은총이 가득하신」 과 「마리아님」 외에는

여기 어떤 기도문도 없어요.

이제 나는 기도문이 없는 해에 들어왔어요.
저는 이 괴상한 입구와 정확한 전압에 주목해 봅니다.
기도문 없이도 이들은 존재하지요.
기도문 없이도 사람들은 제병을 만지고
제병을 전하고
소리조차 내지 않네요.

오 성모님, 다감한 치유자여,
제가 가운데에 있으니
가루약과 약초를 들고 제게 오세요.
여긴 증기 사우나처럼
좁고 공기는 탁하네요.
아이가 우유를 받듯 포도주를 받습니다.
우묵하게 들어가 있고 가장자리가 얇은
섬세한 유리잔에 담겨 있네요.
포도주 자체는 송진 색에 퀴퀴하고 난해하네요.
잔이 내 입 쪽으로 기울어지네요.
전 그저 이 일이 일어났기 때문에
이를 알아채고 이를 이해합니다.

기침이라도 할까 봐 겁이 난다는 걸
저는 말하지 않아요,

비의 두려움을, 제 입속으로
달려 들어오는 말 탄 사람의 두려움.
유리잔은 저절로 기울어지고
저는 불이 붙어요.
가느다란 두 줄기가 제 볼을 타고 흘러요.
저를 바라보는 또 다른 제가 보입니다.
저는 둘로 나누어졌네요.

오 성모님, 눈을 떠 보세요.
저는 침묵의 영역에 있네요,
미치광이와 잠자는 이의 왕국에.
여기 피가 있고
제가 그걸 먹었군요.
오 자궁의 어머니시여,
제가 다만 그 피 때문에 온 건가요?
오 작은 어머니시여,
저는 제 마음속에 있네요.
저는 번지수 잘못 짚은 집에 갇혀 있네요.

1963년 8월

마흔의 월경

나는 아들 생각을 하고 있었어.
자궁은 시계도 아니고
울리는 종도 아니지만,
그 생명의 열한 번째 달에,
달력의 십일월처럼 몸의
십일월을 나는 느껴.
이틀 후면 내 생일,
언제나처럼 대지는 수확을 마쳤어.
이때 나는 죽음을 찾아 헤매지,
내 마음이 기우는 밤을,
내가 원하는 밤을.
자 그러면 ──
말해 봐!
죽음은 내내 자궁 속에 있었어.

나는 아들 생각을 하고 있었어……
너! 절대로 얻지 못한 것
씨가 뿌려진 적도, 풀려난 적도 없는 것,
내가 두려워했던 성기와,
줄기, 그리고 강아지의 숨결을 가진 너.
네게 내 눈을, 아니면 그의 눈을 주게 될까?
너는 데이비드가 될까, 아니면 수전이 될까?

(이 두 이름은 내가 골라 귀담아들었던 이름.)
너는 네 아버지들 같은 남자가 될 수 있을까?
미켈란젤로 닮은 다리 근육,
유고슬라비아 혈통의 손,
결연한 슬라브족 소작농의 어느 부분 —
생명으로 터질 듯한 생존자의 어느 부분 —
그렇담 이게 여전히 가능할까,
수전의 눈으로 이 모든 것들이?

이 모든 것들을 너 없이,
피 속에서 이틀이 지나갔어.
정작 나는 세례도 못 받고 죽을 거야,
아무도 신경 안 쓴 셋째 딸.
내 죽음은 나의 영명 축일에 오겠지.
영명 축일이 뭐가 문제지?
다만 태양의 천사일 뿐.
여자,
너 자신의 거미줄 위에서 거미줄을 치는,
가늘게 엉킨 독,
전갈자리,
못된 거미?
죽어 버려!

손목에서 오게 될 내 죽음,
두 개의 이름표,
가슴의 작은 꽃장식처럼 달린 피가
하나는 왼쪽에 하나는 오른쪽에
피어나겠지
그것은 따뜻한 방,
피의 장소.
경첩 달린 문을 열어 두렴!

너의 죽음을 위한 이틀
그리고 내 죽음까지 이틀.

사랑하렴! 그 붉은 질병을 ―
한 해 한 해, 데이비드, 넌 나를 과격하게 만들곤 했어!
데이비드! 수전! 데이비드! 데이비드!
풍만하고 헝클어신 재 밤을 향해 쉭쉭거리며
결코 늙지 않으며
현관에서 항상 널 기다리며……
한 해 한 해,
나의 당근, 나의 양배추야,
어떤 여자보다도 내가 먼저 너를 가졌을 거야.

네 이름을 부르며,
너를 내 것이라 부르며.

1963년 11월 7일

죽고 싶어서

네가 물어보니 말인데, 대부분의 날들은 생각이 안 나.
나는 내 옷을 입고 걷는데 그 여정이 흔적이 없네.
그러다 이름 붙이기 힘든 욕망이 되살아나.

그런 때조차도 생을 거스르는 것은 하나도 없어.
나는 네가 이야기하는 풀이파리도 잘 알고,
햇살 아래 네가 내놓은 가구도 잘 알아.

하지만 자살은 특별한 언어를 갖고 있어.
목수처럼 자살은 알고 싶어하네 무슨 도구인지를.
왜 짓는지는 절대로 묻지 않아.

두 번 나는 내 자신을 그처럼 명료하게 밝혔고,
그 적을 사로잡고, 그 적을 먹어 치웠고,
그의 기술, 그의 마법을 상대했어.

이런 식으로, 묵직하게 생각에 잠겨,
물이나 기름보다 더 따뜻하게,
나는 입 구멍에서 침 흘리며 쉬었던 거야.

바늘 끝에 있는 내 몸에 대해선 생각 안 했어.
심지어 각막도 남은 오줌도 다 사라졌어.

자살은 그 몸을 이미 배반한 거야.

사산된다 하더라도, 자살이 항상 죽는 건 아니야,
하지만 현혹되어서 그들은 절대로 잊지 못하지
아이들조차 쳐다보고 웃게 만드는 그 감미로운 약물을.

너의 혀 아래에 그 모든 삶을 밀어 넣는 것! ─
그것은 그 자체로 정념이 되는 것,
죽음은 슬픈 뼛조각이야; 멍들어, 너는 말하겠지,

하지만 그녀는 나를 기다리지, 한 해, 한 해,
그처럼 섬세하게 해묵은 상처를 다시 열고,
그 형편없는 감옥에서 내 숨결을 비워 내려고.

거기서 안정을 찾고, 자살은 때로 만나지,
그 열매에 격분하여, 부풀어 오른 달을,
입맞춤으로 오해했던 그 빵을 남기며,

무심히 펼쳐진 책의 페이지와,
내려놓은 수화기, 말하지 못한 무언가,
사랑, 그게 뭐였든, 어떤 전염병을 남기며.

1964년 2월 3일

116

조그맣고 단순한 찬가
― 조이를 위하여

그게 내가 쓰고 싶었던 것.
그런 노래가 있었어!

네 무릎뼈를 위한 노래,
네 갈비뼈를 위한 노래,
네 심장을 파묻는 그 연약한 나무들,
작은 유리 오리 스무 개가 베네치아풍으로
앉아 있는 네 책꽂이를 위한 노래,
멋 부린 네 하이힐,
새빨간 스케이트보드,
꼬질꼬질한 손가락 스무 개,
네가 시작하고는
다 끝내지 못할 분홍 뜨개질,
모든 천사들이 얼굴을 찌푸리고 있는
네 포스터 물감 그림들을 위한 노래,
자면서도 숟가락을 계속 꼼지락거리게 하는
너이 잇몸 을 위한 노래.

너의 밤을 위한 노래
지난 여름 폭염이 몰아쳤을 때
두 주 동안 열이 40도에서 내려가지 않던 때
자면서 창턱에 올려놓은 네 머리통,

오래된 지우개만큼 건조한 입술,
내가 숟가락으로 물을 떠 넣어 줄 때 희미하게 빛난
극심한 갈증, 쿵쿵거리는 왕풍뎅이에 꼭 감은 두 눈,
옴짝거리고, 웅얼거리고,
별에게 편지를 보내는 입술로 잠들었던.
꿈을 꾸며, 꿈을 꾸며,
너의 몸은 한 척의 배,
너의 삶과 나의 죽음으로 흔들린.
공처럼 감겨 있는 네 양 주먹은
작은 태아, 작은 달팽이,
내가 되돌릴 수 없는
분노를 쥐고, 남은 분노를 쥐고 있고.

심지어 너의 비행을 위한 노래
네가 이웃의 나무 오두막집에서 떨어졌던,
네가 단단한 푸른 하늘을 걷고 있다고 생각했던,
네가 왜 안 돼?라고 생각했던
그러고 나서, 너는 그저 그 판자들 뒤에 남기고
흙먼지 속으로 발을 내디뎠지.

오오, 작은 이카로스야,
너는 구름을 잘근잘근 씹었고, 태양을 깨물고

바닷속으로가 아니라, 단단하게
다져진 자갈 위로 세차게
머리 먼저, 아래로 추락했지.
너는 눈부터 떨어졌지, 턱부터 떨어졌지.
시퍼렇게 멍든 눈이란! 실신할 것처럼
집으로 기어와,
내 품속에서
까무라쳐 버린 험프티 덤프티.[1]

오 험프티 덤프티 소녀야,
나 너를 기쁨(Joy)이라 이름 지었지.
그 이름은 누군가의 노래 그 자체야.
내가 지은 너의 이름으로
너는 모든 것이야……
그 도랑 외 모든 것.
거머쥘 수 없는 늙은 뿌리처럼
내 언젠가 널 떠났을 때,
우산 아래로 건물들 위로
3년간 내가 미쳐서
항해를 떠나 있는 동안
너를 두고 갔던 그곳,
그리하여 첫 번째 초,

두 번째 초,

세 번째 초

홀로 네 생일 케이크 위에서 불붙었지.

내가 너무 잊고 싶은, 네가 날마다 잊으려 노력하는

그 도랑을 제외한 모든 것이야.

심지어 여기 네 학교 사진에서도

넌 3학년을 되풀이하네,

성장할 필요 없이 ──

그 작은 감옥에 갇힌 채 ──

심지어 여기서도 비뚜름한 앞니를 숨기고,

두려움 가시게 하는 미소를 지으며

너는 그 장벽을 계속 세우고 있어.

조이, 나는 너를 부르고

네 두 눈은 바로 여기서도

사격 조준기 위로,

너의 거대한 지식 위로,

앞뒤로 휙 움직이는 작고 푸른 물고기 위로,

색다른 거리들, 낯선 방들,

다른 이들의 의자, 다른 이들의 음식 위로

반쯤 드리운 그림자로 묻고 있네,

"나는 왜 지하 방에 갇혀 있었지요?"

그리고 나는 단어들이 있어,
너는 판매용 단어들이라고 하겠지만,
나를 바싹 따라오는 단어들이 있어.
고양이의 요람과, 마녀의 빗자루[2]라든가
네가 내 손가락에게 가르쳐 주지 않은
필기체 쓰기법과 곱셈 카드랑.
맞아! 저녁 식사 전의 지시사항과,
식사 후의 포옹과 그 눈들도 ──
멀리, 멀리,
죄책감 없이
찬가를 요구하는……

내가 말할 수 있는 건 그저
조그맣고 단순한 찬가를
나는 쓰고 싶었던 거라고.
하지만 나는 네 이름만을 찾아내지.
그런 노래가 있었어,
그런데 그 노래는 멍들었어.
내 것이 아니야.

이 집 지붕에서 뛰어내릴 것처럼,

언젠가 너는 그것으로 뛰어들겠지.
휴가가, 퍼레이드가, 축제가 되겠지!
그러고는 날아오를 거야.

넌 정말 날아오를 거야.
그 후에 넌, 아주 간단히, 아주
고요하게 네 자신의 비석, 네 자신의
평면도, 네 자신의 소리를 만들어 낼 거야.

나는 그런 음악, 기타 소리가 나는
그런 시를 쓰고 싶었어.
나는 소리의 치아에
그런 소음의 군단을 만들려고 했어.
방파제에서 나는
각 배에서 떨어진 별을 잡으려고 했어.
그리고 손길을 거두면서
나는 그들의 집들 그리고
침묵들을 찾아보았어.
딱 하나 찾았어.

　　　　너는 내 것이었고
　　　　나는 너를 대출했어.

나는 단순한 찬가를 찾고 있지만
사랑에는 그런 것이 없더라.

1965년 3월

---

1) 영국의 자장가 '마더 구스(Mother Goose)'에 나오는 인물로 고집불통에 잘난 척 하는 성격이다. "Humpty Dumpty sat on a wall,/ Humpty Dumpty had a great fall./ All the king's horses,/ And all the king's men/ couldn't put Humpty together again." 또 루이스 캐럴(Lewis Carroll)의 소설 『거울 나라의 앨리스』(Alice Through the Looking-Glass)에도 나온다. 달걀 모양으로 담장 위에 위태로이 앉아 있다가 떨어져 깨져 버린다.

2) '고양이의 요람(cat's cradle)'과 '마녀의 빗자루(witch's broom)'는 두 사람이 뜨개실을 가지고 손으로 하는 놀이를 말한다.

1958년의 자신

뭐가 현실이지?
나는 석고 인형; 나는 포즈를 취하네,
얻어 맞은 사람에게나 씩 웃는 사람에게나
산사태도, 일몰도 없이 절개된 눈으로
뜨고, 또 감는 푸른색 철제 눈으로.
나는 얼추 아이 매그닌 백화점이 이식된 존재인가?
나는 머리카락 있는 검은 천사야,
빗질 가능한 블랙 앤젤 충전형,
나일론 다리, 광나는 팔에
광고에 나온 옷도 있어.

나는 네 개의 의자,
모조 테이블, 평평한 지붕,
커다란 현관문이 딸린
인형의 집에 살아.
그렇게 작은 네거리에 많이도 왔네.
철제 침대와,
(인생이 확장되고, 삶은 목표가 생기네)
골판지 바닥,
누군가의 도시에 활짝 열리는 창문들,
그리고 몇 가지 더.

누군가가 나를 가지고 놀아.
전기 기구 일색인 부엌에다 나를 심네.
이게 롬바우어 부인이 말한 거지?
누군가가 나를 가지고 논다고 —
나는 그들이 내는 소음에 꼼짝없이 갇혀 있어 —
아님 누군가가 나를 그네들 똑바른 침대에 두네.
그들은 내가 나라고 생각해!
그들의 온기? 그들의 온기는 친구가 아니야!
진이 담긴 컵과
퀴퀴한 빵으로 내 입을 파고드네.

이 인조 인형에게
뭐가 현실일까,
웃어야 하고 옷을 바꿔 입어야 하고,
건전한 무질서 속에서 문들을 확 열어젖혀도
파멸이나 두려운 티를 내지 말아야 하는 인형에게 말이지?
하지만 내가 우는 법을 기억할 수 있다면
내게 만약 눈물이 있다면,
한때 내 어머니였던
그 벽에 붙박여서
나는 울어 버릴 텐데.

1958년 6월에서 1965년 6월 사이

자살 메모

너는 나르시시즘에 대해 이야기하지만 나는 그것이 내
삶의 문제라고 대답한다…… — 아르토

이번에는 내 남은 것 전부를 내 딸들과, 딸들의
딸들에게 어떻게든 남기게 해 주세요…… — 익명

들판에서 암말의 발굽에게
이야기하는 벌레라 하더라도,
더 나을걸,
핏방울을 떨어뜨리는
어린 소녀들의 계절이라 해도,
더 나을걸,
낡은 방 안으로
재빨리 나 자신을 떨어뜨리는 편이
어쩐지 더 나을걸.
태어나지 않는 편이
더 낫다고 (누군가 말했지)
학년당 침실 하나씩인,
기숙사에
불이 붙은
열세 살에
두 번 태어나지 않는 편이
훨씬 더 낫지.

소중한 친구여,

나는 지옥행 소형 승강기를 타고
수백 명 사람들과 가라앉겠지.
나는 가벼운 것이 될 거야.
누군가의 잃어버린 광학 렌즈처럼
나는 죽음에 들어갈 거야.
인생은 절반쯤 확대된 것.
물고기와 올빼미는 오늘 사나워.
인생은 앞으로 뒤로 기우는 것.
말벌들조차도 내 눈을 찾지 못하고.

그래,
한때는 즉각적이던 눈.
진정으로 깨어 있던 눈,
이야기 전부를 말해 주던 눈 ─
말 못 하는 가여운 동물들.
꿰뚫린 두 눈,
깊은 못내사니늘,
연푸른색 탄환들.

그리고 한때는
컵과 같은 입으로,
찰흙 색 혹은 피의 색이던,

상실된 대양을 위해
방파제처럼 벌어진 입,
최초의 머리를 위해
올가미처럼 벌어진 입으로.

옛날 옛적에
내 갈망은 예수님을 향한 것이었지.
오오 나의 갈망! 나의 갈망!
죽음을 찾아서
늙기도 전에 예수님은
예루살렘으로 고요히 말을 몰았지.

이번에
나는 분명히
이해를 청하지는 않아요.
하지만 나는 다른 모든 이들이
고개를 돌리기를 바라지요, 에코 호수 수면에
리허설 없이 물고기가 점프할 때
달빛이
그 저음을 큰소리로 키워,
보스턴의 어떤 건물을 아프게 할 때,
진정으로 아름다운 자들이 함께 누워 있을 때.

이걸 생각하지, 분명히,
그걸 훨씬 더 오래도록 생각하겠지
만약에 내가 아니라면…… 만약 내가
그 옛날의 불길에 있지 않다면.

나를, 나를, 나를 하고 우는
겁쟁이에 불과하다고,
어쩔 수 없이
전구를 빠는
작은 날벌레, 나방에 불과하다고
나 인정할 수도 있어, 그런데
너는 분명히 알지, 누구나 죽음을 지니고 있다는 걸,
그를 기다리는
그 자신의 죽음을.
그래서 나는 지금 갈 거야.
노령이나 질병 아니라도,
서슴없이 하지만 성확하게,
내 최적의 경로를 알고서,
지금껏 내내 타 온 장난감 당나귀에 실려,
"우리 어디로 가고 있는 거야?" 절대로 묻지 않고.
우리는 달리고 있었어 (내가 알고만 있었다면)
이걸 향하여.

소중한 친구야,
내가 기타 연주를 그려 보거나
자기 뼈를 구부리는 아버지를
상상한다는 생각은 말아 줘.
나는 엄마의 입조차도 기대하지 않는걸.
나는 내가 전에 죽었다는 걸 알아 ——
십일월에 한 번, 유월에 한 번.
녹색의 가슴과 배로 너무도 뚜렷한
유월을 다시 고르는 게 얼마나 이상한지.
물론 기타는 연주되지 않을 거야!
뱀들은 분명 눈치 채지 못할걸.
뉴욕은 신경도 안 쓸걸.
밤에는 박쥐들이 이걸 다 알고
온종일 자기들이 감지한 것을 보면서
나무들을 치며 날아다닐 거야.

1965년 6월

살거라

살거나 죽거나, 하지만 모든 것에 독을 바르지는
마라……

그래, 죽음은 오랫동안
여기에 있었어 ―
죽음은 지옥에 대해서라면
할 일이 엄청나게 많다,
의심의 눈에 관해서도
종교적인 물건들에 대해서도,
또 내 밴댕이 속의 끄적거림으로
그것들이 저속해질 때
내가 얼마나 슬퍼했는지에 대해서도.
죽음의 주된 성분은
절단이다.
그리고 진흙, 날이면 날마다,
하나의 의식과 같은 진흙,
큰 접시 위 아기는,
요리되었지만 여전히 인간이고,
작은 구더기들과 함께 요리되어,
누군가의 엄마, 그 망할 년
의 손이 그걸 꿰매었지!

그렇다 해도,
나는 줄곧 계속해 왔어,

일테면 인간의 진술을,
내가 트렁크, 판판한 트렁크 속에 든
톱질된 몸뚱이라도 된 것처럼
나를 끌고 가면서.
이것은 영혼의 위증죄가 되었어.
그건 노골적인 거짓말이 되었고
내가 몸에 옷을 입혀도
여전히 발가벗기고, 여전히 죽임당했지.
이것은 물고기처럼
날 때부터
붙잡힌 것.
그러나 난 내 몸을 가지고 놀고, 옷을 입혔지,
누군가의 인형처럼 옷을 입혔지.

인생은 네가 갖고 노는 무엇인가?
항상 없애고 싶어 하면서?
게다가, 모두가 당신에게 닥치라고
소리치네. 놀랄 일도 아니지!
사람들은 듣고 싶어 하지 않아.
당신이 아프단 소리를,
그리고 어쩔 수 없이
당신이

망치를 쥐고
내려오는 걸
봐야 하는 것도 내켜 하지 않아.

오늘 인생은 하나의 알처럼 내 안에서
열려서 그 안에서
한참을 파고 들어가
나는 정답을 찾았어.
완전 거저였지!
태양이 있었고,
태양의 노른자는 열렬히 움직였네
거둔 걸 쓰러뜨리며 ―
해가 이걸 매일 한다는 걸 너는 알게 되고!
나는 태양이 정화하는 존재란 걸 알았지만
태양이 견고하다는 건
생각하지 못했어,
태양이 답이었단 걸 알지 못했지.
하느님 맙소사! 그건 꿈,
연인들은 뜰에서 싹을 틔우네,
셀러리 줄기처럼,
더 좋은 건,
남편은 삼나무처럼 곧게 서 있고,

두 딸들, 두 성게들은,
내 목덜미 털에서 장미꽃을 골라 따는 것.
내가 불붙으면 딸들은 주변에서 춤을 추고
마시멜로를 굽지.
그리고 내가 얼어붙으면
딸들은 그저 내 위에서 스케이트를 타지.
작은 발레복을 입고.

여기서,
줄곧,
내가 킬러였다고 생각하며
나는 작은 독약을
매일 향유처럼 내게 바르네.
아니야.
나는 황후라네.
나는 앞치마를 두르고.
내 타자기는 글을 쓰고.
경고했던 식으로 그게 부서지진 않았어.
미쳤어도, 나는 초코바만큼이나
근사해.
심지어 마녀들의 묘기와 함께
그들은 내 가늠할 수 없는 도시를 신뢰하지,

타락하기 쉬운 내 침대도.

오 친애하는 세 분,
나는 부드럽게 답을 하네.
그 마녀가 다가오고
당신은 그녀를 핑크색으로 칠하네.
나는 두건에 키스들을 담아 오고,
태양, 그 똑똑한 것이
내 팔 안에서 구르네.
그래서 나는 살아라 말하고
내 그림자를 세 번 돌려서
우리 강아지들이 오면 먹이를 주네,
그만! 파괴하라! 같은 경고를 받고도
우리가 물에 빠뜨리지 않은 여덟 마리 달마시안을.
돌덩이처럼 강아지들을 아래로 끌어내려 익사시키려고
물통들이 여럿 기다리고 있었지만,
강아지들이 나왔어, 저마다 머리 쑥 내밀고
폭포의 푸른빛 거품을 불면서
조그마한 젖꼭지를 찾아 더듬거리네.
바로 지난 주, 340그램 나가는,
여덟 마리의 달마시안이 장작 다발처럼 늘어섰는데,
저마다

한 그루의 자작나무
같았지.
그들이 온다면 나는 더 사랑할 거라고 약속해,
왜냐면 잔인하긴 해도
가스실로 가는 꽉 찬 기차들에도 불구하고,
난 내가 기대했던 존재가 아니거든. 아이히만이 아니거든.
독약만으론 듣지 않았어.
그래서 나는 위령 미사와 그 모든 것을 반복하며
병원 교대 시간에 알짱거리지 않을 거야.
살아라, 살아라 나는 말하지. 태양과,
꿈과, 신나하는 재능에 기대어.

1966년 2월 마지막 날에

4부

사랑 시편들

접촉

몇 달 동안 내 손은 양철 상자 안에
밀봉되어 있었네. 열차 레일 말고는 아무것도 없었지.
아마도 손에 멍이 들었나 봐.
그래서 거기 가두어 두었나 봐.
그런데 손이 거기 조용히 누워 있는 걸 내가 봤을 때
이걸로 시간을 말할 수 있겠다고, 나는 생각했어.
시계처럼, 손가락 다섯 마디와
그 아래 가느다란 정맥들로.
영문도 모른 채 튜브로 연명하는
의식 잃은 여인처럼 손이 거기 누워 있었어.

그 손은 무너졌더랬어.
은둔에 들어가 버린
작은 산 비둘기.
내가 손을 뒤집자 손바닥은 늙어 버렸고,
손금은 바늘로 수놓은 자수처럼 그려져
낱가닥들로 이어져 있었지.
통통하고 부드러웠고 군데군데 안 보였지.
다만 상처받기 쉬운 손.

그리고 이 모든 건 은유.
하나의 평범한 손, 다만

만질 수 있는 어떤 것이 그립고
마주 만져 주는 어떤 것이 그리운.
강아지는 그러지 않을 거야.
늪에서 개구리를 보고 꼬리를 흔드네.
난 개 밥통보다 나을 바 없는 인간.
그녀는 자신의 갈망을 인정하지.
내 언니들은 인정 않겠지만.
단추 달 때나 레모네이드처럼 흘러내리는
눈물을 달랠 때 빼고는 언니들은 학교에서 살아.
내 아버지도 그러지 않겠지.
아버지는 집에 들어와서 밤중에도
기계 안에서 살지, 어머니가 만들어 놓고
아버지가 일로써, 자기 일로 잘 기름칠해 놓은 기계.

문제는
내가 내 몸짓들을 얼게 할 거란 것.
문제는
부엌이나 튤립에 있지 않았고
오직 내 머리, 내 머릿속에만 있었지.

그러자 이 모든 게 역사가 되었네.
당신 손은 내 손을 찾았네.

인생은 혈전처럼 내 손가락들로 돌진해 왔어.
오, 나의 목수여,
손가락들이 원상회복되었어.
내 손가락이 당신 손가락과 함께 춤을 추네.
내 손가락이 다락방에서 빈에서 춤을 추네.
내 손은 미국 전역에서 살아 있네.
죽음조차도, 자기 피를 흘리는
죽음조차도 이걸 막지는 못할 거야.
아무것도 이걸 멈출 순 없을 거야, 이건 왕국이고
그 왕국이 오고 있으니.

키스

내 입이 피어나네, 베인 상처처럼.
나, 그 세월에 잘못했네, 지루한
밤들, 다만 그 밤에는 거친 팔꿈치들과
울보야, 울보야, 바보탱이야
부르는 크리넥스 고운 상자들만 있었지.

어제만 해도 내 몸은 쓸모가 없었어.
이제 네모난 모서리에서 내 몸은 찢어지고 있어.
그것은 늙은 성모님의 옷을 찢고 있어, 매듭 마디마다
자 봐 — 이제 그것은 전율하는 번개로 가득 찬 발사.
땅! 부활!

한때 그것은 보트였어, 나무로 만들어진
하릴없는 보트, 그 아래엔 소금기 있는 물도 없고
페인트칠이 좀 필요한 보트였어. 다만 한 무더기 판자였어.
하지만 당신이 그 보트를 끌어 올려 여기저기 손을 봤지.
보트는 선택된 거야.

내 신경이 켜졌어. 나는 신경을
악기처럼 듣고 있어. 침묵이 있는 곳에
드럼과 줄들이 구제불능처럼 놀고 있네, 당신이 이걸 했어.
순수한 천재기가 발동한 것. 자기 말야, 그 작곡가가

불을 붙인 거야.

젖가슴

이것은 그걸 여는 열쇠.
이것은 모든 걸 여는 열쇠.
소중하게도.

나는 흙과 빵을 줍는
사냥터지기의 자녀들보다 더 상황이 나쁘죠.
여기 향수를 내뿜는 내가 있어요.

당신의 카펫으로 내려가게 해 주세요.
당신의 밀짚 매트 — 가까이에 뭐가 있든
내 안의 아이가 죽어 가고, 죽어 가고 있으니.

내가 잡아먹힐 가축이라서가 아니라.
내가 거리 비슷한 것이어서가 아니라요.
그렇지만 당신 손이 건축가처럼 날 세웠어요.

넘치는 젖 몇 년 전 이건 당신 거였어요,
늪 속에서 침묵하던 뼈의 계곡에서
내 살고 있을 때. 작은 장난감들.

어쩌면 어색하게 늘어진
살갗과 함께 있는 실로폰.

나중에서야 그건 진짜 같은 어떤 것이 되었고요.

나중에 나는 내 것의 크기를 영화배우와 견주어 보았어요.
재지는 않고. 내 어깨 사이 무언가가
거기 있었어요. 절대 충분치는 않았고요.

물론, 거기 목초지가 있었지요,
하지만 젊은 남자 누구도 진실을 노래하진 않았어요.
진실을 말할 수 있는 게 아무것도 없어요.

스스로에 무지한 나는 언니들 옆에 누웠고
잿더미에서 일어나서 외쳤어요,
나의 섹스는 고정되어 버릴 거야!

이제 나는 당신의 엄마, 당신의 딸,
당신의 신상품 ― 달팽이, 둥지랍니다.
당신의 손가락이 살아 있을 때 나는 살아 있지요.

나는 실크를 입고 ― 벗기기 위한 덮개 ―
왜냐면 실크는 당신이 생각했으면 하는 거라서.
그렇지만 그 천은 싫어요. 너무 근엄해요.

그러니 뭐든 말해 줘요, 하지만 기듯이 날 따라오세요.
여기엔 눈이 있고, 여기엔 보석이 있고,
여기엔 젖꼭지가 배우는 흥분이 있으니까요.

나는 불안정해요, 하지만 내가 눈(snow)에 미친 건
　　아니에요.
나는 어린 소녀들이 미치듯이 미친 거랍니다,
제물, 제물로……

나는 돈이 타들어 가듯 타오릅니다.

많은 심장을 가진 남자의 심문

그녀가 누군가요,
당신 팔에 안긴 사람 말이에요?

그녀는 내 뼈들을 날라 줬던 사람.
오두막집 하나 지어 준 사람
한 시간 남짓 인생을 지어 준 사람
아무도 살지 않는 성을 지어 준 사람
결국, 그 의식에 어울릴
노래 하나 지어 준 사람.

왜 당신은 그녀를 여기로 데려왔나요?
왜 당신은 작은 이야기와 노래를 들고
내 문을 두드리고 있나요?

나는 그녀와 함께했지요 남자가 여자와
함께하듯 그러나 축제 행사나
격식을 위한 자리는 없었지요,
이 모든 것들은 한 여자에게 중요하고,
또 보다시피, 우리는 추운 기후에서 살고
길거리에서 키스하는 건 허락되지 않아요,
그래서 나는 진실하지 않은 노래를 만들었지요.
나는 **결혼**이라는 노래를 만들었어요.

남편도 아닌데 당신은 내게로 와서
내 현관 계단을 발로 차고
그런 일들을 가늠해 달라고 하나요?

절대. 절대. 내 진짜 아내가 아니에요.
그녀는 나의 진짜 마녀, 내 갈퀴, 내 암말,
내 눈물의 어머니, 내 치마 한 폭의 지옥,
내 눈물의 도장, 내 피멍들의 도장
그리고 그녀가 낳을지도 모르는 아이들도
그리고 또 사적인 공간도, 뼈들의 몸도
내가 살 수만 있다면 정직하게 살 것들,
내가 결혼할 수만 있다면 결혼할 것들입니다.

내가 그 문제로 당신을 고문해야 하나요?
모든 남자는 그에게 할당된 작은 운명이 있고
당신의 운명은 열정적인 것입니다.

그러나 나는 고통받고 있어요. 우리는 장소가 없어요.
우리가 공유하는 이 오두막은 감옥 같아요.
여기서 나는 미나리아재비, 쌀먹이새,
설탕오리, 호박, 사랑 리본, 로켓,

밸런타인, 여름날 소녀, 재밌는 소녀와
침대에서 말하는 그 모든 허무맹랑한 것들.
내가 그녀와 잤다고 말하는 것으론 충분치 않아요.
나는 그녀를 침대에 재웠을 뿐만 아니라.
나는 그녀를 매듭지어 묶어 두었어요.

그렇다면 왜 당신은 주먹을 주머니에
찔러 넣나요? 왜 남자애들처럼 발을
질질 끌며 걷는가요?

여러 해 나는 내 꿈속에서 이 매듭을 묶어 두었어요.
내 꿈속에서 나는 문을 통과해 걸어갔고
그녀는 우리 엄마 앞치마를 두르고 거기 서 있었지요.
한번은 그녀가 열쇠 구멍처럼 생긴 창문을 통해
기어갔어요. 그녀는 내 딸의 분홍 코르덴 바지를
입고 있었죠. 매번 나는 이 여자들을 매듭지어 묶어 놨죠.
한번은 왕비가 왔어요. 나는 왕비도 묶었어요.
그러나 이건 내가 정말로 묶었던 것이고
이제 나는 그녀를 민첩하게 만들었어요.
나는 그녀를 불러냈어요. 그녀를 잡아 넘어뜨렸어요.
난 노래 부르며 그녀를 짓밟았어요.
이를 위한 다른 아파트는 없었어요.

이것을 위한 다른 방은 없었어요.
오직 매듭뿐.
그래서 나는 그녀 위에 내 손을 올려 두었고
그녀의 눈과 그녀의 입을 내 것이라고
불렀어요, 그녀의 혀도 마찬가지고요.

왜 당신은 나더러 선택하라고 하나요?
나는 판사도 심리학자도 아니에요.
당신은 침대에 묶어 놓은 매듭을 소유하고요.

그럼에도 나는 진짜 낮과 밤 시간을 가지고 있어요.
아이들과 발코니와 좋은 아내와 함께요.
그래서 난 이 다른 매듭들을 묶어 두었어요,
그래도 내가 당신에게 그녀에 대해 말할 때는
차라리 그들을 생각하지 않으려고요. 지금은 아니고요.
만일 그녀가 임대할 방이라면 나는 돈을 내겠어요.
만일 그녀가 구조할 인생이라면 나는 구조하겠어요.
아마 나는 많은 심장을 가진 남자입니다.

많은 심장을 가진 남자?
그렇다면 왜 당신은 내 문간에서 떨고 있나요?
많은 심장을 가진 남자는 나를 필요로 하지 않아요.

나는 그녀의 염료 깊숙이 붙잡혀 있어요.
나는 당신에게 빨간 손으로 나를 잡게 했지요,
내 암말, 내 비둘기, 그리고 내 깨끗한 몸을 위해
거친 시계 속 야생 귀리로 나를 잡도록,
사람들은 내 부츠에 뱀이 있다고 말할지도 모르지요,
그러나 당신에게 말해 줄게요 난 딱 한 번 말등자에 있어요,
딱 한 번, 이번 한 번, 컵 속에 있어요.
여인의 사랑은 노래 속에 있지요.
나는 그녀를 붉은 여자라고 불렀어요.
나는 그녀를 분홍 여자라고 불렀어요.
그러나 그녀는 열 가지 색이었고
열 명의 여자들이었지요.
내가 이름 붙일 수 없었던.

나는 그녀가 누군지 알아요.
당신은 그녀에게 이름을 붙였어요. 충분히.

아마 나는 그걸 말로 하지 말았어야 했나 봅니다.
솔직히, 이 키스를 위해선 내가 더 최악인 것 같아요.
피리 부는 사람처럼 취하고, 흔적들을 발로 차고
그녀를 영원히 묶어 두기로 결정했어요.

보다시피 노래가 바로 인생이지요,

내가 살아 낼 수 없는 인생.

신이시여, 그가 지나가더라도,

일부일처제는 속어처럼 물려주세요.

나는 그녀를 법 안으로 들여 쓰고 싶었어요.

그런데, 아시다시피, 이것을 위한 법은 없어요.

많은 심장을 가진 남자, 당신은 바보!

클로버는 올해 가시들을 자라게 했고

소들한테서 그들의 열매를 훔쳤어요.

강의 돌들은

남자들의 눈이 마르도록 빨아 먹었고요,

계절이 바뀔 때마다,

그리고 모든 침대는 지탄받았어요,

도덕이나 법이 아니라,

시간에 의해서.

그날

이건 내가 앉는 책상
그리고 이건 내가 당신을 너무도 사랑한 책상
그리고 이건 내 앞에 앉아 있는 타자기
거기 어제는 당신 몸만 내 앞에 앉았는데
그리스 합창단처럼 어깨를 모으고
가는 곳마다 법칙을 만드는 왕의 혀로
활짝 뻗어 우유 핥는 고양이의 혀로
미끄러지는 생에 휘감긴 우리 둘, 그 혀로
그게 어제였어, 그날.

그날은 당신 혀의 날.
당신 집의 문간에서 붙잡힌
반은 동물이고 반은 새인 두 따개,
당신 입술에서 나온 당신 혀.
그날은 내가 왕의 법칙을 따른 날.
당신의 붉은 정맥과 당신의 푸른 정맥을 지나,
내 손이 그 등뼈를 따라 소방봉처럼 빠르게 내려가
당신의 내밀한 지식을 전시하는 두 다리 사이에서
거기 다이아몬드 광산이 묻혀 있고 나타났다 묻히고
재건축된 도시보다 더 갑작스레 나타나고.
몇 초 안에 완성되는, 그 기념물.
피는 아래로 흐르지만 탑을 만드네.

엄청난 군중들이 그 건물을 보려고 모여들고.
기적을 보려고 일렬로 서서 색종이 조각을 던지네.
분명히 신문은 여기서 헤드라인 기사를 찾고 있고.
분명 누군가는 갓길에서 플래카드를 들고 있겠지.
만약 다리가 놓이면 시장이 리본을 자르지 않나?
어떤 현상이 생기면, 동방박사들이 선물을 가지고 오지
　　않나?
어제는 내가 당신 재능을 위한 선물을 품었던 날
계곡에서 나와 당신을 만나러 도시의 보도로 나온 날.
그게 어제였지, 그날.

그날은 당신 얼굴의 날.
사랑을 나눈 후 베개에 파묻은 당신 얼굴, 자장가.
내 곁에서 깬 듯 자는 듯, 옛날 가수는 노래를 멈추고,
우리 숨결은 하나가 되었고 쌔근쌔근 함께 아기처럼 잠들 때
내 손가락이 당신 감긴 눈 위에 드리워져 있던 때
내 손가락이 당신 입 위에 작은 미소를 그렸을 때
내가 당신 가슴과 가슴의 박동에 사랑해라고 그랬을 때,
또 "그만 일어나"라고 속삭였을 때, 그리고 잠 속에서 당신이
"쉿. 우리 케이프코드에 가자고. 본 브리지로 가보자고.
우리 본 로터리를 돌고 있어." 중얼거렸고. 본!
나는 당신 꿈속에서 당신을 알았고 우리의 시간을 기도했지.

내가 뚫리고 당신이 내 안에서 뿌리를 내릴 우리의 시간
그리고 내가 당신의 탄생을 낳게 될, 내 작은 집에서
바로 당신, 혹은 당신의 환영을 품게 될 그런 시간.
어제 나는 빌려주고 싶지 않았어.
하지만 이건 내 앞에 앉아 있는 타자기,
사랑은 어제가 있던 바로 거기에 있네.

내 자궁을 찬미하여

내 안에 있는 모두는 한 마리 새.
나는 내 모든 날개를 파닥인다.
그들은 너를 도려내고 싶어 하지만
그렇게 하지는 못할 거야.
그들은 네가 하염없이 텅 비었다고 하는데
실은 그렇지 않아.
그들은 네가 아파 죽을 거라 하지만
틀렸어.
너는 여학생처럼 노래하고 있네.
너는 찢기지 않았어.

사랑스러운 무게,
나라는 여성을 찬미하여
나라는 여성의 영혼을 찬미하여
중심에 있는 생명체와 그 기쁨을 찬미하여
나는 너를 위해 노래하네. 나는 감히 살려 한다네.
안녕, 영혼아. 안녕, 가슴아.
잠가라, 덮어라. 담고 있는 것을 덮어라.
들판의 흙에게도 안녕.
반가워, 뿌리들아.

각각의 세포는 생명을 품고 있어.

여기서 나라 하나를 기쁘게 하기에 충분하지.
대중들이 다 이 재화를 소유하기에 충분하지.
누구든, 어떤 연방이든 이렇게 말하겠지,
"올해 우리가 다시 곡식을 심고 풍년을
내다보는 일은 좋아.
병충해가 예견되어 있었는데 잘 막아 냈어."
수많은 여인들이 다 함께 이걸 노래하고:
한 사람은 기계를 저주하며 신발 공장에 있네,
한 사람은 물개를 돌보며 수족관에 있네,
한 사람은 포드 운전석에서 지루해하네,
한 사람은 톨게이트 통행료를 거두고 있어,
한 사람은 애리조나에서 송아지 목줄을 매고 있어,
한 사람은 러시아에서 두 다리에 첼로를 걸치고 있네,
한 사람은 이집트에서 난로 위에 냄비를 바꾸고 있네,
한 사람은 달빛으로 침실 벽을 칠하고 있어,
한 사람은 죽어 가면서 아침 식사를 기억하고.
한 사람은 태국에서 매트 위에서 몸을 쭉 뻗고.
한 사람은 아기 궁둥이를 닦고 있어.
한 사람은 와이오밍주 한가운데서
기차 창밖을 응시하고 있고 한 사람은 어디에도 있고
또 어떤 사람들은 모든 곳에 있고 모든 사람들은
노래를 부르는 것 같아, 어떤 사람들은

한 구절도 부르지 못하지만.

사랑스러운 무게,
나라는 그 여인을 찬미하며
나는 3미터가 넘는 스카프를 두르려고 해,
나는 열아홉 청춘을 위해 드럼을 치려고 해,
나는 공양을 바칠 그릇들을 들려고 해.
(그게 내가 해야 할 일이라면)
나는 심혈관 조직을 연구하려고 해,
나는 별똥별의 각거리를 측정할까 해,
꽃대를 빨아 보려 해
(그게 내가 해야 할 일이라면)
나는 어떤 부족의 형상을 만들려고 해
(그게 내가 해야 할 일이라면)
몸이 필요로 하는 이를 위해서
나는 노래하려네
그 저녁을 위해
그 키스를 위해
그 올바른
예스를 위해.

아내에게 돌아가는 내 사랑에게

그녀는 거기에 다 있어.
그녀는 당신을 위해 조심스레 녹여져서
당신 어린 날로부터 주조되어
당신이 좋아한 구글 백 개로부터 주조되어.

그녀는 늘 거기 있었어, 자기야.
그녀는 사실, 끝내줘.
지루한 이월 중순의 불꽃놀이
주물 냄비만큼 생생해.

직시하자구, 난 잠깐이었으니.
하나의 사치품. 항구에 정박한 밝은 빨강 범선.
차창 밖으로 연기처럼 흩날리는 내 머릿결.
철 지난 새끼 대합.

그녀는 그 이상이지. 그녀는 당신의 필수 필수품.
당신의 현실적인 당신의 뜨거운 성장을 키운.
이건 실험이 아니야. 그녀는 조화 그 자체.
그녀는 작은 배의 노와 노걸이를 맡고 있어서,

아침 식사 땐 창가에 야생화를 두고
한낮에는 도공의 물레 옆에 앉고

달빛 아래에서 세 아이, 미켈란젤로가
그린 세 천사를 내놓고,

자기 다리를 좍 벌리고 이걸 해냈지
성당에서 그 끔찍한 달들을 보내며.
당신이 흘깃 바라보면, 아이들은 거기에 있어
천장에서 쉬고 있는 여린 풍선처럼.

그녀는 또 저녁을 먹은 후에 아이들을
차례로 안고 가지, 머리를 조용히 수그린 아이들, 머리는
    비밀스레 숙이고,
두 다리는 버둥버둥 뻗대고, 하나씩 직접 돌보며,
그녀 얼굴은 노래와 아이들의 작은 잠으로 발개졌지.

당신에게 당신 심장을 돌려줄게.
허락할게 ─

먼지 속에서 성나 고동치는 그녀 안의
도화선을 위해, 그녀 안의 지랄을 위해
그녀의 작고 붉은 상처를 산 채 묻으려 ─
그녀의 상처를 매장하기 위해 ─

그녀 갈비뼈 아래 창백하게 깜박이는 불꽃을 위해,
그녀의 왼쪽 맥박 안에서 기다리는 술 취한 선원을 위해,
스타킹을 찾는 엄마의 무릎을 위해,
가터벨트를 위해, 그 부름을 위해 ―

그 묘한 부름
당신이 팔과 가슴 속으로 파게 될 때
또 그녀 머리의 오렌지색 리본을 잡아당길 때
또 그 묘한 부름에 응답할 때.

그녀는 너무나 적나라하고 또 특이한 사람.
그녀는 당신과 당신 꿈의 총합.
한 계단 한 계단, 기념비처럼 그녀를 타고 오르시지.
그녀는 견고해.

고 말할 것 같으면, 난 수채화 물감.
나는 씻겨 없어지지.

단 한 번

단 한 번 나는 삶이 무언지 알았지.
보스턴에서 갑자기 알게 되었지;
찰스 강을 따라 걷다가
강에 반사되는 불빛을 바라보았지,
오페라 가수들처럼 입을 활짝 벌린,
섬광처럼 반짝이는 그 모든 네온 불빛들;
나는 별을 헤아렸지, 내 어린 활동가들,
나의 상처 데이지 꽃들, 또 알았지, 내 사랑을
그 밤 푸른 쪽으로 바래다주었다고, 그러곤
동쪽으로 가는 차들에 대고 내 마음을 외쳤지
서쪽으로 가는 차들에 대고 내 마음을 외쳤지 또
작게 솟아오른 다리 건너로 내 진실을 데리고 갔지,
내 진실, 그 진실의 매력을 재촉하여 집으로 향했지
그리고 이 변함없는 것을 아침에다 모아 두었지 그리곤
이것들이 다 떠나 버린 걸 알았지.

다시 또다시 또다시

당신이 말했지 그 분노가 다시 돌아올 거라고
사랑이 그러하듯.

내겐 내가 싫어하는 성난 표정이
있어. 그건 내가 써 보는 마스크.
내 그걸 향해 이동하면 그 개구리는
내 입술에 앉아서 똥을 싸지.
오래되었어. 그건 가난뱅이기도 해.
나는 그게 계속 다이어트하도록 애썼어.
나는 그것에 성사를 주지도 않았어.

내가 피멍처럼 짓는 예쁜
표정이 있어. 나는 그걸
내 왼쪽 가슴에 꿰맸지.
그걸 소명으로 삼았지.
욕망이 그 안에 뿌리내렸고
당신과 당신 아이를
그 젖꼭지에다 두었지.

오, 암흑은 살기등등하고
젖은 넘쳐흐르고
각각의 기계가 돌아가고

내가 열두 명의 새 남자들을 잘라 버릴 때
나 당신에게 키스할 거야
그러면 당신은 어쨌든 죽겠지,
다시 또다시.

당신들 모두는 다른 여자의 이야기를 알아

이것은 자그마한 월든.
그의 몸이 이륙하여 날아갈 때,
화살처럼 직진으로 날아갈 때
그녀는 탄생의 침대에서 은밀하지.
하지만 그건 나쁜 번역.
한낮은 누구의 친구도 아니야.
신은 주인처럼 들어와선
그의 놋쇠 램프에 불을 밝히네.
이제 그녀는 다만 그저 그런 신세.
그는 시계를 한 시간 전으로 돌리며
자기 뼈들을 다시 맞추어 입네.
그녀는 육신을 알아, 그 가죽 풍선을,
그 풀려난 사지를, 그 널빤지를,
그 지붕, 떼어 낼 수 있는 그 지붕을.
그녀는 그의 시간제 선택지,
당신도 그 이야기 잘 알잖아! 봐,
일이 끝나면 그는 그녀를 다시 걸어 두네
전화기처럼, 그 고리에 다시.

외롭게 자위하는 이의 노래

정사의 끝은 항상 죽음.
그녀는 나의 일터. 미끄러지는 눈,
나 자신의 종족을 벗어나 나의 숨결은
당신이 가 버린 걸 알게 되지. 나는
가만히 있는 이들이 무서워. 질려 버렸어.
밤에, 혼자서, 나는 침대와 결혼하네.

손가락에서 손가락으로, 이제 그녀는 내 차지.
그녀는 너무 멀리 있지 않아. 그녀는 나의 친구.
나는 종처럼 그녀를 두드리네. 나는 당신이
올라타곤 했던 그늘에서 비스듬히 눕네.
당신은 꽃무늬 침대보 위에서 나를 빌렸지.
밤에, 홀로, 나는 침대와 결혼하지.

이 밤을 예로 들어 보면, 내 사랑이여,
모든 싱글 커플은 아래 위로 몸을
뒤집어 결합하고 합쳐지지,
스펀지와 깃털 위에서 그토록 풍성한 두 사람,
머리와 머리를 맞대고 무릎을 꿇고 또 밀면서.
밤에, 홀로, 나는 침대와 결혼해.

난 이런 식으로 내 몸에서 탈출하지,

성가신 기적이야. 내가 그
꿈의 시장을 진열해 둘 수 있었을까?
나는 뻗어 있어. 십자가의 순교야.
내 조그마한 자두 당신이 말했지.
밤에, 홀로, 나는 침대와 결혼하지.

그러더니 검은 눈의 경쟁자가 왔어.
해변에서 일어난 물의 부인,
손가락 끝엔 피아노가, 입술에는
수치가, 그리고 플루트 같은 말투.
대신 나는 안짱다리 신랑이었지.
밤에, 홀로, 나는 침대와 결혼해.

그녀가 당신을 데리고 갔지, 여자가
옷걸이에서 할인하는 드레스를 채 가듯.
그래서 나는 돌이 깨지듯 그 길을 부숴 버렸지.
나는 당신 책들과 낚시 도구를 돌려주고.
오늘자 신문이 말하네. 당신 결혼한다고.
밤에, 홀로, 나는 침대와 결혼하네.

소년 소녀들이 오늘 밤 하나가 되네.
블라우스 단추를 여네. 바지 지퍼를 여네.

신발을 벗네. 불을 끄네.
그 깜박이는 생명체들은 거짓으로 가득 차.
그들은 서로를 먹고 있네. 물리도록 먹고 있네.
밤에, 홀로, 나는 침대와 결혼하고.

미스터 내 거

그이가 어떻게 내 젖가슴의 푸른 정맥들에
번호를 매겼는지 한번 보세요. 게다가 열 개의 주근깨도.
이제 그이는 왼쪽으로 가요. 이제 그이는 오른쪽으로 갑니다.
그이는 도시를 세우고 있습니다, 육신의 도시를.
그이는 기업가입니다. 지하 창고에서 그는 굶주렸어요,
신사 숙녀 여러분, 그가 망가지고 있네요. 철로 인해,
그 피로 인해, 금속으로 인해, 그이 어머니 죽음이라는
의기양양한 철로 인해. 하지만 그이는 다시 시작해요.
이제 그이는 나를 건설하고. 도시에 의해 고갈되지요.
널빤지의 영광에서 그이는 나를 세웠어요.
콘크리트의 경이에서 그이는 나를 주조했어요.
그이는 내게 거리 표지판 600개를 주었어요.
내가 춤추던 그 시간에 그이는 박물관을 하나 지었어요.
내가 침대 위에서 움직일 때 그이는 건물 열 채를 세웠어요.
내가 떠날 때, 그이는 육교 하나를 지었어요.
나는 그이에게 꽃을 주었고, 그이는 공항을 지었어요.
신호능을 위해 그이는 빨간색, 초록색 막대사탕들을
건네주었어요. 하지만 내 가슴 속에서 난 천천히 아이가
        되어요.

5부

어리석음에 관한 책

그 야망의 새

그래 그런 것이지 —
새벽 3시 15분 불면
시계는 엔진을 부르르

해시계를 따르는데도
십오 분마다 전기 발작 하는
개구리처럼.

말을 다루는 일이 나를 깨어 있게 해.
나는 코코아를 마시네,
그 따끈한 갈색 엄마.

단순하게 살고 싶어
하지만 밤새도록 나는
긴 상자에 시들을 눕히고.

그건 내 생생의 상자,
내 예약 구매 계획,
나의 관.

밤새도록 검은 날개들이
내 가슴에서 파닥거린다.

하나하나가 다 야망의 새.

그 새는 탤러해차이 다리만큼[1]
높은 데서 떨어지기를 원해.

그 새는 부엌 성냥에 불을 붙여
자기를 태워 죽이고 싶어 하네.

새는 미켈란젤로의 손 안으로 날아 들어가
천장 위에서 색칠되고 싶어 하네.

새는 말벌집을 뚫고 들어가서는
길쭉한 하느님과 함께 나오고 싶어 하네.

새는 빵과 술을 받아먹고는
캐러비안 해협에서 행복하게 떠다니는 남자를 낳고 싶어.

새는 열쇠처럼 납작해져서는
세 동방 박사를 풀어 주고 싶어 하네.

새는 낯선 이들 가운데서 휴가를 얻어
자기 심장 조각들을 오르되브르[2]처럼 나누어 주고 싶어 해.

새는 자기 옷들과 빗장을
다이아몬드 같은 태양과 바꾸고선 죽고 싶다 하네.

새는 원하지, 나는 원하지.
제발 하느님, 그냥 코코아를 마시는
걸로는 안 될까요?

나는 새로운 새와
새로운 영생의 상자를 가져야겠네.
이 상자 안에도 충분한 어리석음이 있네.

---

1) Tallatchie Bridge는 1967년 대히트한 Bobbie Gentry의 노래 「Ode to Billie Joe」에 등장하는, 실제 미시시피에 있던 다리다. 실제 높이는 그다지 높지 않아 뛰어내리면 죽는지 시험하는 젊은이들이 많아 경찰들이 골머리를 앓았다 한다.
2) hors d'oeuvres는 프랑스 요리에서 주요리 전에 내는 전채 요리. 영어로 애피타이저에 해당한다.

마음의 의사

당신 지식은 그냥 치우세요, 의사 선생님.
나 그걸로는 약발 안 받아요.

당신 말로는 내가 마음이 아프다는데,
당신은 더 존중하는 마음이 있어야지!

당신은 흡입 컵 위 찐득찐득한 약으로
당신의 전기 도구들로

내 발목과 팔목을 조였고
생물학적 가슴을 빨아 댔지요.

당신은 지그재그 기계로[1]
주식 시장 같은 엎치락뒤치락 놀이를 했지요.

당신이 늘 빙글빙글 돌리던 파이 베타[2] 열쇠를 주세요.
내 어금니를 금으로 땜질하려고요.

당신만 괜찮으면 술 한 잔 마시고
완벽하게 훌륭한 맹장을 만들려고요.

손톱을 하나 주면 외알 안경으로 하고요.

세계는 내내 늘 희부옜으니까.

다리미로 내 미끄러진 디스크를
평평해질 때까지 눌러 다리겠어요.

그렇지만 우리 엄마 상피암은 가지고 가세요.
내겐 눈물이 한 방울만 있으니까요.

아버지 뇌출혈도 가지고 가세요.
내 손에는 피가 한 잔만 남아 있으니까요.

내 여동생의 부러진 목도 가지고 가세요.
치료하려면 교실용 자 말고는 아무것도 없어요.

내 마음을 위한 장치는 없나요?
내겐 마술 손이라고 하는 속임수만 있는걸요.

못된 빚처럼 나 팽창하게 해 주세요.
여기 스펀지 있잖아요. 나 그걸 쥐어짜려고요.

아 마음이여, 담뱃대 붉은 마음이여
록 기타처럼 둥둥둥둥

나는 배의 뱃머리에 있어요.
나는 더 이상 고무보트와 노를 가지고

자살하는 사람이 아니랍니다.
의사 선생님! 난 더 이상은 당신을

괴롭히려고 죽진 않을 거예요.
배멀미로 바닥에 뒹구는 당신.

---

1) 전기 재봉틀을 말한다. 정신병원에서 환자들의 재활 치료에 쓰였다.
2) Phi Beta는 미 국립 창작예술 전문 협회를 말한다.

아

눈이 오고 죽음이 나를
불면증처럼 완고하게 괴롭힌다.
분필의 격렬한 거품,
작고 하얀 병변들은
바깥 거리에 자리를 잡고.
눈이 내리고 있고 길고 흰
유령 같은 머리를 빗던 아흔의
여인은 떠났다. 이젠 방부 처리되어
오늘 밤 그녀의 팔은 옆구리의
매끈한 머스킷총, 어떤 것도
그녀에게선 나오지 않아, 다만
그녀의 마지막 말만, "아"
죽음에 놀란 것이다.

눈이 오고 있다. 종이 조각들이
펀치에서 떨어지고 있다.
이보세요? 데스(Death) 부인이 왔어!
그녀는 내 증오의 자릿수에 따라
고통받는다. 나는 설화석고로 만든
필라멘트 소리를 듣는다. 나는 그들과
함께 누워서 내 광기를 가발처럼
걷어 내곤 했다. 나는 바깥 양털 방에

누워서 눈에 덮히곤 했다.
파리의 백색이든, 눈의 백색이든,
아르헨티나든, 모두 내 입의
세면대에서, "아"라고 외친다.
나는 텅 비어 있다. 나는 바보 같다.
죽음이 여기 있다. 다른
해결책은 없다. 눈!
그 자국과 그 마마 자국, 얽은 마마 자국을 봐!

그러는 동안 당신은 차를 따른다
번듯하고 온화한 손으로.
그러고는 일부러 집게손가락으로
내 관자놀이를 가리키며,
"이 자살하는 년아! 코르크 마개 오프너를 꺼내어
네 두뇌를 몽땅 돌려서 빼 버리고 싶네.
그럼 너 다시는 못 돌아올 테니."
그럼 나는 김이 모락모락 나는 찻잔에다
눈을 감고 하느님이 자기 입을 여는 걸 본다.
"아" 하고 하느님이 말한다.
나는 내 안에 있는 아이가 "아"라고 쓰는 걸 본다,
아, 이런, 어째서가 아니다.

엄마와 딸

린다, 당신은 지금
당신의 오래된 몸을 떠나고 있네요.
평평하게 누운 늙은 나비,
낡은 드레스처럼 헐거워서
다 팔이고 다 다리고 다 날개네요.
나는 나비를 향해 손을 뻗지만
내 손가락들은 곪아 가고
나는 지쳐 자글자글 끓네요,
다 써 버린 당신 어린 시절처럼.
이것에 대해 물어보면
당신은 진주들을 들어 보여 주고.
이것에 대해 물어보면
당신은 군대 옆을 지나가네요.
이것에 대해 물어보면 ─
당신은 당신 큼직한 시계와 함께 가면서,
시계 침이 잭스트로 조각보다[1] 더 넓은데 ─
당신은 대륙 하나를 바늘로 깁겠지요.

당신이 열여덟이니
나 당신에게 내 전리품들을 줄게요.
나의 엄마 주식회사, 그리고 내 병도.
이것에 대해 당신에게 물어보면

당신은 답을 알지 못하겠지요 —
입에 물린 재갈
산소 희망 텐트
튜브와 경로들
전쟁과 전쟁의 토사물.
계속하세요, 계속, 계속하세요,
그 소년들에게는 유품을
그 소년들에게는 가루분을
나의 린다여, 피 뽑는 사람에게는
피를 주면서.

린다, 당신은 지금
당신의 낡은 몸을 떠나고 있어요.
당신은 내 주머니를 깨끗하게 비웠고
당신은 내 모든 포커 칩을 따먹어
나를 빈털터리로 만들었어요,
그리고 우리 사이로 강이 좁아지듯
당신은 건강 체조를 하네요,
그 여성스러운 롱다리 신호.
이것에 대해 물어보면
당신은 나에게 수의를 기워 주겠지요
그리고 월요일의 그릴을 떠받치고

닭 내장을 꺼내도록 명하겠지요.
이것에 대해 당신께 물어보면
당신은 이 회색 입술에 침 흘리는
나의 죽음을 보게 되겠지요.
그러는 동안 당신, 나의 강도는
과일을 먹으며 남은 하루를 보내겠지요.

---

1) 나무나 플라스틱 조각을 쌓아 놓고 다른 것은 움직이지 않게끔 하나씩
빼내는 게임을 jackstraw라고 한다.

아내를 때리는 남자

오늘밤 카펫 위엔 진흙이 있을 거고
그레이비 소스엔 마찬가지로 피가 있을 겁니다.
아내를 때리는 남자가 나갔어요,
아이를 때리는 남자가 나갔어요,
흙을 먹으며 컵에서 총알을 마시며.
그는 내 서재 창문 앞에서
왔다 갔다 활보하네요,
내 심장의 자그마한 붉은 조각들을 씹으며.
그의 눈은 생일 축하 케이크처럼 반짝이고
그는 바위에서 빵을 만들어요.

어제 그는 이 세상의
한 남자처럼 걷고 있었어요.
그는 꼿꼿하고 보수적이었고
다소는 애매하고 다소는 따라하는 사람.
어제 그는 내게 나라를 하나 건설해 줬고
내가 잠들 수 있는 그늘을 펴 주었지요.
하지만 오늘은 성모님과 성자를 위한 관을 만들고
오늘 아기 옷을 입은 두 여인은 햄버거가 될 거예요.

면도날 같은 혀로 그는 키스하겠지요,
엄마와 아이에게

그리고 우리 셋은 그 별들을 검게 칠하겠지요,
남편의 엄마를 기리면서,
그를 푸드 트리에 매어 두었던 사람
수도꼭지처럼 그를 틀었다 잠갔다 한 사람
그리고 이 모든 안개의 세월 동안 여성들을
거짓말하는 가슴을 가진 적으로 만든 사람.

오늘 밤 붉은 개들은 모조리 겁에 질려 누워 있어요,
그리고 아내와 딸은 자기들이 살해될 때까지
서로를 뜨개질합니다.

폭파범들

우리는 미국.
우리는 관을 채우는 사람들.
우리는 죽음의 잡화상들.
우리는 그들을 컬리플라워처럼 분화구 안에 담아요.

폭탄은 신발 상자처럼 열리고
그럼 그 아이는?
그 아이는 분명 하품을 안 하네요.
그럼 그 여자는?
그 여자는 자기 가슴을 씻고 있어요.
그녀에게서 찢겨 나간 가슴.
연극의 마지막 장처럼
가슴이 불타 버렸기에
그녀는 가슴을 강에서 헹구고 있어요.
이것은 죽음의 시장이에요.

미국이여,
당신의 자격증들은 어디에 있나요?

외다리 남자

한때 거기 피가 있었지
사람이 살해당했을 때처럼
이제 거기 아무것도 없어.

한때 거기엔 신발 한 짝
갈색 운동화가 있었어,
내가 끈을 매었고
나한테 잘 맞았던.

이제
나는 내 다리를
고아들 옆으로 가도록 내주었네.
익사한 두더지 옆에 내 다리를 심었네,
그의 입에 기워진 다섯 번째 분홍 손과 함께.
나는 내 다리를 배에 실어 보냈네, 그래서
대서양 한가운데 돌처럼 천천히 가라앉도록.
내가 나의 다리를 폐기했기에 다리는
거대한 통나무처럼 하늘에서 떨어질지도 몰라.
내가 내 다리를 먹었기에 그게
손톱처럼 뱉어질 수도 있어.

하지만 말이야……

그래, 그래서 말야,
계속 생각해 보니 내게 필요한 건
내 다리를 도로 사는 것.
분명 어딘가에서 다리를 팔 거야,
불쌍하게 부러진 도구, 불쌍한 장식품.
어느 가게 안 숙녀용 스카프 옆에 있을지도 모르지.
그 다리에 편지를 써 보고 싶어.
그 다리에 저녁을 사 주고 싶어.
그 다리에서 나오는 활시위를 새기고 싶어.
낮에도 침대 속에서 그걸 꼭 들고
완벽한 여인처럼 천천히 쓰다듬어 주고 싶어.

여인이여, 여인이여,
왜 나를 떠났나요?

그녀를 놀라게 하려 한 건 아니야.
난 다만 그녀가 일할 때
조용히 그녀를 바라보고만 싶었어.

암살범

올바른 죽음이 기입되었다.
나는 그 요청을 채울 것이다.
나의 활은 빳빳하다.
나의 활은 준비가 되었다.
나는 총알이며 바늘이다.
나는 장전되어 언제든 준비되었다.
내 시야에서 나는 그를
조각가처럼 새긴다. 나는 그가 모두를
바라본 마지막 표정을
나는 그의 눈과 그의 두개골을
모든 자리에 데리고 간다.
나는 그의 남성성을 알고 나는
나의 집게손가락으로 그를 치켜세운다.
그의 입과 그의 항문은 하나다.
나는 느낌의 중심에 있다.

지하철은 내 석궁을
거슬러 운행한다.
내가 직접 만든
피의 화살이 내게 있다.
이 사람과 함께 나는 그의 운명을
손에 거머쥐고 이 총과 함께 나는

신문을 손에 거머쥐고 나의
습격에 그를 데리고 갈 것이다.
그는 나를 향해 구부릴 것이고
그의 정맥은 아이들처럼
뒤엉켜 싸울 것이다…… 내게
그의 깃발과 그의 눈을 달라.
내게 그의 딱딱한 껍질과 입술을 달라.
그는 나의 악이요 나의 사과다 그리고
나는 그를 집에 바래다 줄 것이다.

타자(他者)

담배로 노릿해진 내 창자 아래
그것은 기다린다.
내 눈, 그 우윳빛 토끼들 아래
그것은 기다린다.
그것은 기다리는 중이다.
그것은 기다리는 중이다.
나의 도플갱어. 나의 오빠. 나의 짝.
나의 도플갱어. 나의 적. 나의 연인.
진실이 완두콩처럼 쏟아져 나오면
그것은 전화를 끊는다.
아이가 조용해지고 품에서 쉴 때면
그것은 소독약을 삼키는 나의 또다른 나.
누군가가 누군가에게 키스하고 변기 물을 내릴 때
그것은 파티에서 우는 나의 또다른 나.
나의 또다른 나는 내 가슴에서 양철 드럼을 두드린다.
나의 또다른 나는 내가 잠들려고 애쓸 때 빨래를 넌다.
나의 또다른 나는 내가 파티 드레스를 입을 때
울고 울고 또 운다.
내가 감자를 쑤실 때 그것은 운다.
내가 누군가에게 안부 키스를 해도 운다.
내가 색칠된 가면을 쓰고
예수님을 곁눈질하며 그의 수난을 떠올려도

그것은 울고 울고 또 운다.
그러고는 킬킬 웃는다.
그것은 수나사다.
그것의 증오는 천리안의 예지력을 준다.
나는 단지 모든 것을 위임할 뿐,
집, 개, 사다리, 보석들,
영혼, 가족 나무, 우편함.

그리고 나서야 나는 잠들 수 있다.

아마도.

그 침묵

더 쓰면 쓸수록, 더 큰 침묵이 나를 잡아먹는 것만
같아. ─ C. K. 윌리엄스

내 방은 하얗게 씻겼다.
시골 역사처럼 하얗게
그만큼 고요하게;
달빛에 표백되는
닭 뼈보다 더 희게,
순수한 쓰레기,
그만큼 고요하게.
내 뒤에는 하얀 조각상이 있고
흰 식물들이 있어서
음탕한 처녀들처럼 자라고
미끌미끌한 혀를 내밀고는
아무 말도 하지 않는다.

내 머리는 검은 머리.
하얀 붐에 타 버려서
그만 숯이 되었다.
나의 구슬들 또한 검다,
스무 개의 눈이
완전히 뒤틀린 채
화산에서 끌려 올라왔다.
나는 그 방을

내 펜에서 나온 단어들로 채운다.
단어들은 유산처럼 줄줄 새어 나온다.
나는 단어들을 윙윙 대기 중에 던지고
그것들은 스쿼시 공처럼 되돌아온다.
하지만 침묵.
항상 침묵.
엄청난 아가 입처럼.

그 침묵은 죽음이다.
그것은 매일 충격과 함께
와서 내 어깨 위에, 하얀 새로 앉는다,
그리고 그 검은 눈들을
내 입의 요동치는 붉은 근육을
쪼아 먹는다.

6부

머시 가 45번지

음식

나는 엄마 젖을 원해,
그 멋진 시큼한 스프.
나는 가지처럼 노래하는 젖가슴을 원해,
그 위로 키스하는 입을 원해.
나는 하늘을 빨아 먹어야 하기에
부끄러운 딸기 같은 젖꼭지를 원해.
또 나는 당근 스틱 씹듯이
베어 먹어야겠어.
나는 흔들어 대는 팔을 원해
태양을 노래하는 두 깨끗한 조가비를 원해.
또 나는 먹을 수 있는 잡초를 원해,
잡초는 영혼의 시금치.
나 배고파, 그래서 당신은 내게
암호를 풀 사전을 주는군.
나는 붉은 절규로 온 몸을 칭칭 맨 아기,
당신은 내 입에 소금을 집어넣네.
당신 젖꼭지는 수술 자국처럼 꿰매지고
비록 내가 빨지만
내가 대기를 빨아 먹지만
그 크고 뚱뚱한 설탕은 사라지고 없네.
말해 줘. 나한테 말해 줘. 왜 그런 거야?
나는 음식이 필요해,

그러면 당신은 신문을 읽으며 걸어 나가네.

아이 가진 여자

진, 죽음이 우리 모두에게 가까이 와 있다,
그 끔찍한 날개를 우리한테 파닥이며
그 끈적끈적한 날개가 우리 코에 기어오르고 있다.
우리 애들은 마리화나와 오토바이로 방황하며
십대의 좁은 집에서 떨고 있고,
내 아이는 내가 혈우병처럼 물려준
합성호르몬 암을 갉아 먹으며 떠밀려 가고
7학년인 네 아이는 평균대에
그만 비장을 부딪혔네.
그래 우리 엄마들은 그렇게 아이들을 여기까지 데려오느라
허물어지고 파리똥으로 덕지덕지 얼룩이 지는데,
지금은 기도 말고는 할 수 있는 게 하나도 없네.

너의 아이 셋
그리고 내 아이 둘,
열한 살에서 스물된 살 나이의 아이들
그 애들을 커다란 대기의 투망에 넣어 하느님께 보내자,
우표 많이 붙여서 말야, **진짜 항공 우편인 셈**,
큼직하게 이렇게 써서 말야:
취급 주의.
못 박지 말 것, 접지 말 것, 자르지 말 것!
아마도 하느님은 이걸 보고

이 아이들 위로 시편을 보내어
내내 안전하게 지켜 주시겠지
좆같은 인생길 내내.

어리둥절한 천사들조차도
참호에서 우리를 훔쳐보진 않겠지.
하느님은 우릴 위해
기도라는 안약을 내려보낼 시간은 없을 거야,
기도는 우리가 엄마로서 해야 하는 일,
우리 아이들이
그처럼 빨리
떠나가지 않도록
우리 안에서 곪아 가는 걱정 속에서
우리가 그 스프에 빠져
익사할 때도.

그런 모험

딸이 자살을 시도하면
굴뚝은 술 취한 사람처럼 무너지고
개는 자기 꼬리를 씹어 삼키고
부엌은 반짝이는 주전자를 폭파시키고
진공 청소기는 먼지 주머니를 삼키고
변기는 눈물로 목욕을 하고
화장실 체중계는 할머니
귀신의 무게를 재고, 창문들,
거기 조각난 하늘들은 보트처럼 미끄러지고
풀이 집 앞 진입로를 말아 내리고
그 엄마는 자신의 혼인 침상에 누워
계란 둘 해치우듯 자기 심장을 파먹는다.

홀로 눈뜨는

해골,
박물관의 물건,
나는 당신을 썩은 멜론처럼 으깨 버릴 수 있어,
하지만 나는 차라리, ─ 아니 나는
당신을 강아지처럼 부드럽게 안고
당신 사랑스러운 입에
우유와 딸기를 넣어 줄 필요가 있어,
남편, 남편아.
난 당신의 미소를 탐하여
오래된 꽃처럼 펼쳐 놓지,
그리고 당신의 눈, 푸른 달,
그리고 나치처럼 좀 고집 센 당신의 턱,
이 기억으로 나는 무얼 할 수 있을까?
그걸로 뼈를 흔들 수 있나?
미소를 고사시킬 수 있나?
그 턱에 담배꽁초를 비벼 끌 수 있나?
내가 사랑한 남자의 얼굴을 갖다가
그 안에 내 발을 밀어넣어?
그러는 동안 내 가슴은 박물관을 만들고?
나는 오보에가 연주하는 방식으로 당신을 사랑해.
발가벗고 수영할 때 내 몸이 느끼는 듯 당신을 사랑해.
나는 잘 익은 아티초크 내음처럼 당신을 사랑해.

하지만 난 당신이 두려워,

사막에 있는 사람이 태양을 두려워하듯.

맞아.

맞아.

하지만 사랑은 수액처럼 내 혈관으로 들어와,

그 작은 백색의 순간들에 똑똑 떨어지고.

똑똑 떨어지면서 당신이 준 채찍질,

내가 해야 했던 경추 보호대,

그리고 나서 당신이 와서 와인을 주문하고

내 양산을 고치고 잔디를 깎고

숯불구이 스테이크로 내 부엌을 행복하게 만들고.

그러면 나는 당신의 해골로 다시 돌아오지

손도 못 대게 했던

그 아침의 헝클어진 머리로,

그리고 나서 나는 돌아와 당신한테 말하네,

(나는 진실을 말하고 있었으니)

내 귀가 하나도 안 들려.

나는 몰라,

몰라,

우리가 함께였는지 따로였는지,

내 영혼이 당신 피부 위 어딘가에 머물렀다는 것만 알지.

그리고 난 궁금해

이 결별로
우리가 가졌던 혹은
가지지 못했던 모든 것을 내가 망치고 있는지,
이렇게 떨어져 나간 결혼반지,
이토록 비참한 생활,
부활을 영광에서
분리시키고
예수님한테서 십자가를 벗겨서
손톱들만 남겨 주신
반쪽짜리 하느님에 불과한 이런 하느님.
남편이여,
남편이여,
나는 내 손을 들어 보네.
손톱만 보이네.

그 사랑을 죽이며

나는 사랑 살해자,
우리 사이에 다시 또다시 불탔던 음악을
그리 특별히 생각했던 그 음악을 살해 중이다.
나는 나를 살해한다, 나 당신 키스에 무릎을 꿇었는데.
나는 우리 둘을 하나로 만들었던 그 손들 사이로
칼을 들이밀고 있다.
이렇게 해도 우리 손에 피 흐르지 않고
이 치욕에도 손은 그저 가만히 있다.
나는 우리 침상의 보트를 가지고 와서
이것들을 뒤집어서 바다에서 쿨럭쿨럭
질식하고 가라앉아 마침내 무(無)가 되게 한다.
나는 당신 약속들로 당신의 입을 막고
당신이 약속들을 내 얼굴에
토하는 것을 지켜보고 있다.
우리가 관리했던 그 캠프는?
그 캠핑객들에게 난 독가스를 퍼뜨렸다

이제 나는 홀로 죽은 자들과 함께
다리 위를 날고
맥주 캔처럼 쓰레기통으로 돌진한다.
고독이라는
제트 기류를 남기며

단 한 송이 붉은 장미처럼 날고 있는데,
어떤 것도 느끼지 못한다,
내 비록 날고 있어도, 던져도,
내 속은 텅 비어 있고
내 얼굴은 벽처럼 공허하다.

장례 지도사를 불러 볼까요?
그는 우리 두 몸을 하나의 분홍 관에 넣을 수 있을 게다.
옛날에서 온 그 몸들,
누군가가 꽃을 보낼 것이고,
누군가는 조문하러 올 것이고,
부고 기사가 나갈 것이고,
사람들은 뭔가가 죽었다는 걸 알게 되겠지,
더 이상은, 더 이상 말하지 못할 거고
다시는 차도 몰지 않을 거고 그런 일들 다.

하나의 생이 끝나면,
당신이 살던 이유였던 그 생이 끝나면,
당신은 어디로 가는가?

나는 밤을 일구겠지.
나는 도시에서 춤을 추겠지.

나는 붉게 차려입고 타오르겠지.
나는 긴 네온 다리를 입고 있는
찰스 강을 유심히 바라보겠지,
차들이 지나가겠지.
차들이 지나가겠지.
더 이상의 비명은 없을 것이야.
붉은 드레스 입고
자기만의 엘리스섬[1]에서 춤을 추는 숙녀,
차들이 지나갈 때
혼자 춤추면서
빙글빙글 도는 그 숙녀에게는.

---

[1] 엘리스섬(Ellis Island)는 미국 뉴욕 허드슨강 하구에 있는 섬. 1892년부터
1954년까지 유럽에서 미국으로 건너온 이민자들이 입국 심사를 받던 곳으로
유명하다. 병이 있는 사람들은 입국이 금지되고 수감되었다. 샌프란시스코의
앤젤섬 (Angel Island)과 함께 다문화 사회 미국 이민의 역사를 이야기 할 때
자주 거론되는 곳이다.

앤 섹스턴, Phto©ARTHUR FURST

더 이상의 비명은 없을 거야

정은귀

'기묘한 풍성함'의 시인

시인 앤 섹스턴(1928-1974). 그를 처음 알게 되었을 때나
지금이나 시를 읽기 전에 시집 표지의 얼굴을 물끄러미 바라본다.
시인이 아니라 영화배우의 프로필 사진 같다. 담배를 물고 있거나
어딘가를 응시할 때의 표정은 고통과 고혹이 동시에 공존하는
얼굴이다. 외모 이야기를 이리 대놓고 하다니 혹 마땅찮은
독자들이 있을지 모르겠다. 조심스러운 자기 검열이 작동함에도
불구하고 시인의 얼굴 이야기를 먼저 하는 것은 통상 우리가
어떤 대상에 대해 예쁘다거나 아름답다거나 할 때의 관념과는
확연히 다른, 어떤 강인한 정념이 스민 그 얼굴 때문이다. 얼굴과
시가 그처럼 통하는 시인도 많지 않을 것이다. 한 비평가는 앤
섹스턴을 두고 "기묘한 풍성함을 가르쳐 준 사람(teacher of weird
abundance)"이라고 했는데, 그 얼굴을 보고 있노라면 그의 시에 밴
진한 핏빛이 절로 스며드는 것 같다. 그 느낌은 시인이 활동했던
미국의 1950-1960년대, 미국 문화에 드리웠던 어떤 '넘침'의
이미지에도 통한다.

1950년대 미국은 세계대전의 승리에 힘입어 경제적 번성과
외교적 팽창을 한껏 구가하던 시기다. 보수적인 가치체계를
내세워 국가와 가정에 공히 안정된 질서와 담론을 구축하던 그
시기는 '풍요한 사회(Affluent society)' 혹은 '순응주의 시절(a time
of complacency)'로 자주 명명되곤 한다. 여성운동은 본격화되기
전이었고 규범이나 규제, 억압은 강화되었다. 20세기 전반에 미국
사회에 널리 퍼져 있던 개인주의가 쇠퇴하고, 그 대신 집단적

동일성을 강조하는 획일(conformity)의 가치가 시민들의 의식을 옥죄었다. 중산층 가족의 신화를 하나의 국가적 이데올로기로 완성해 가던 단계였기에, 남자와 여자가 만나 결혼하여 교외에 집을 짓고 자가용을 소유하고 두 아이를 낳아 기르는 단란한 4인 가족의 환상이 국가 이데올로기로 추동되던 때였다. 밖으로는 세계 패권 국가로 발돋움하려는 의지, 안으로는 안정된 중산층 계급 이념의 확산을 통하여 미국의 안팎을 안정되게 다스리려는 열망이 '미국의 꿈(American Dream)'이라는 지배적 이념으로 고스란히 자리 잡던 때였다.

그 안에서 여성들은 예쁜 딸에서 소녀로, 엄마로, 정숙한 아내로, 가정의 꽃으로서의 역할이 이상적이라는 중산층 신화에 안착하도록 교육받았다. 20세기 전반에 비하여 정치, 사회적으로 극심하게 보수화된 여성상은 재능 있는 많은 여성들을 엄청나게 옥죄었다. 남성들이 집 밖에서 정치사회적으로 역량을 마음껏 펼치는 존재였다면, 여성들은 오로지 집과 결혼하여 이를 뒷받침하는 존재로 남아야만 했다. 앤 섹스턴을 비롯하여 수많은 여성 시인들은 딸이면서 아내이면서 어머니면서 시인인 자기 안의 다양한 모습들을 하나의 얼굴, 하나의 몸에 조화롭게 맞춰 나가기 위해 힘겨운 싸움을 벌이고 있었지만, 그 싸움이 성공으로 끝난 경우는 많지 않다. 많은 경우 재능은 소진되고 꿈은 좌절되고 의식은 분열되었다.

비트 세대의 대표적인 시인 앨런 긴즈버그(Allen Ginsberg, 1926-1997)가 시 「절규(Howl)」에서, "우리 세대 최고의 지성들이 광기에 파괴되어" 가는 걸 보았다고 소리 높인 어떤 우울하고 참담한 흐름 안에서 개인은 고립되고 소진되고 미쳐 갔다. 말하자면 미국이라는 국가적 정체성이 강고하게 구축되는 가운데 그 안에서 살아가는 개인, 특히 여성 시인으로서의 정체성은 하염없이 분열을 겪으며 분투를 거듭하던 시기다.

그러한 때, 자신의 우울증을 치료하는 한 방식으로 시 쓰기를

택한 앤 섹스턴은 죄의식, 성, 섹스, 자살, 낙태, 불륜, 욕망,
정신질환 등, 시에서 잘 다루지 않는 금기된 소재를 과감하게
가지고 와서 자기를 옭아매는 우울증, 양극성 장애, 죽음 충동과
맞서 싸운다. 시가 그이의 삶을 지탱하는 치료약이자 무기였던
셈이다. 시대가 부과한 여성의 위치와 그에 대한 자의식을 잘
드러낸 시, 「가정주부」를 보자.

> 어떤 여자들은 집과 결혼한다.
> 그것은 또 다른 종류의 피부다. 그것은 심장,
> 입, 간, 그리고 똥을 갖고 있다.
> 벽은 영구적이며 분홍빛이다.
> 보아라, 그녀가 종일 무릎을 꿇고 앉아
> 어찌나 성실히 자신을 씻어 내리는지.
> 남자들은 웅크린 요나처럼 완력으로
> 그들의 풍만한 어머니들 속으로 들어간다.
> 여자는 여자의 어머니이다.
> 이게 중요한 것이다.

여성은 남성과 결혼하는 것이 아니라 집과 결혼한다. 집이
대변하는 모든 것들, 사랑을 나누고 아이를 키우고 살림을
하고 무릎을 꿇고 바닥을 닦고 목욕을 하는 곳. 집은 여성에게
피부처럼 착 달라붙는 존재 자체다. 떼려고 해도 뗄 수 없는 몸의
일부다. 남자들은 그 몸으로, 힘으로, 마음껏 파고 들어온다.
여성은 그 모든 걸 떠안아야 하는 존재. 여성은 아이의 집인
동시에 남자의 집이다.

1968년 한 인터뷰에서 자신이 '미국의 꿈' 부르주아 중산층
꿈의 희생자임을 밝힌 바 있는 섹스턴은, 실비아 플라스(Sylvia
Plath, 1932-1963)와 함께 자살로 생을 마감했다는 사실만으로
미국시사에서 다소 선정적으로 소비되었던 시인이다. 플라스나

에이드리언 리치(Adrienne Rich, 1919-2012)에 비해서 비평의
영역에서는 다소 평가절하된 시인이지만, 독자들에게는
시인으로서 넘치는 사랑을 받았다. 저토록 진솔한 고백의
목소리가 독자들의 마음을 어루만지고 훑어 내린 탓이다. 그런
앤 섹스턴의 시가 이제서야 우리말의 옷을 입어 독자들과 만나게
된 게 뒤늦은 감이 있다. 하지만 성과 육체, 여성성 등을 둘러싼
담론이 마음껏 부풀어 오른 우리 시대에 그의 시가 뒤늦게나마
호출된 것은 여러모로 의미 있고 오히려 시의적절하다는 생각도
든다. 시대와 불화하는 자기 안의 여러 얼굴을 응시하면서 동시에
시절의 흐름 안에 있는 자신의 한계를 직면했던 시인, 안정과
소외, 자유와 불안, 갈망과 상실의 문제를 이토록 적극적으로
끌어안으며 애쓴 시인을 지금이라도 만나는 일이 참 다행인
이유다.

문득 생각하니, 외모에 대한 이야기로 앤 섹스턴을 소개하는
것이 역자가 처음은 아니다. 앤 섹스턴의 절친한 친구이면서
평론가인 맥신 쿠민(Maxin Kumin) 또한 『앤 섹스턴 시 전집(The
Complete Poems of Anne Sexton)』의 「서문」에서 시인과의 첫 만남에서
받은 인상에 한 단락을 할애한다. 큰 키, 금발머리, 깊은 눈매,
보는 이의 시선을 받아치는 응시, 번민과 그림자, 풍요와 고립감이
한데 어우러져 기묘한 아우라를 풍기는 앤 섹스턴은 1950-
1960년대, 획일과 순응의 시대에서 매스미디어를 위시하여
다양한 얼굴의 정치, 문화 운동으로 변화해 가는 미국의 성공과
실패를 대표하는 어떤 전형적인 아이콘이 되었다.

자신의 시대 안에서 주어진 역할을 스펀지처럼 흡수한 재능
있는 시인이었던 그는 동시에 사랑받는 딸, 품어 주는 엄마,
사랑하고 사랑받는 여자이고자 했고 한 인간으로 겪는 삶의
기쁨과 그림자 모두를 정직하게 응시한 시인이었다. 시인으로서
최고의 영광과 명예와 인기를 누리다가 1974년 마흔여섯의
나이에 자살이라는 비극적 사건으로 생을 마감한 이력은 한

인간의 생에 드리운 꿈과 상실과 번민의 고투를 증명한다. 시인으로서나 한 인간으로서나 그는 참으로 기묘하고 풍성한 삶을 살았다.

'홀린 마녀'의 시인

결혼으로 남편 성을 따라가기 전 원래 이름 그대로 부르자면 앤 그레이 하비(Anne Gray Harvey)인 앤 섹스턴은 1928년 미국 동부 매사추세츠주 뉴튼에서 태어났다. 뉴튼은 보스턴의 서쪽에 자리한 조용하고 품위 있는 동네다. 필자 또한 어떤 인연으로 여러 차례 방문한 적이 있는 도시다. 나는 새로운 도시를 갈 때마다 그 도시에 이름을 붙여 시를 쓰는 습관이 있는데, 뉴튼은 '오랜 나무의 도시(A City of Old Trees)'로 기억된다. 미국 동부, 오래된 나무들이 자리한 조용하고 점잖은 동네를 거닐며, 앤 섹스턴이라는 자유분방한 영혼이 이 터전에서 어떻게 자랐을까 상상한 적이 있다. 앤 섹스턴이 평생 고투한 이상적인 여성성에 대한 고민과 사랑에 대한 갈망, 가정에 대한 애증의 모습들은 훗날의 페미니스트들이 보기엔 다소 만족스럽지 못한 어떤 보수적인 한계로 비칠 수도 있지만 그를 배태한 환경과 장소의 보수성을 생각하면 자못 이해가 가기도 한다.

아버지는 양모업으로 성공한 사업가였다. 경제적으로는 모자람이 없는 부유한 환경에서 자랐지만 앤 섹스턴은 불행히도 저서적이 안정을 경험하지 못했다. 위로 언니 제인(Jane)과 블랑시(Blanche)를 둔, 세 자매 중 막내로 태어난 그의 분방함은 굉장한 에고이스트였던 부모님과는 좀 맞지 않았기 때문이다. 규율을 중시하는 엄격한 아버지, 그리고 작가가 되고픈 꿈을 품고 있었으나 이루지 못하고 결혼하여 평범한 아내로 살면서 당대 가치기준에 맞추어야 했던 엄마. 그 둘의 결혼 생활은 행복하지 않았다. 자신이 품었던 작가의 꿈을 어린 딸에게 투사한 엄마는 재능 있는 딸에게 격려 대신 질투와 비난을 일삼았고,

그런 애증의 관계는 앤 섹스턴에게 모성 결핍, 모성 부재를 안겨
주었다. 사랑이 아닌 '실수'로 태어난 원치 않는 아이라는 결핍된
정체성에 시달리며 그 자신이 좋은 딸도 좋은 엄마도 되지
못한다는 자책으로 이어진 것이다. 시 「그 시절……」에 보면, "여섯
살 나이에/ 나는 인형으로 가득 찬 무덤에서 살았어"라는 어린
시절 고통과 수치에 대한 회상이 "내 인생이 결국엔 내 어머니의
인생을 트럭처럼/ 치고 지나가리란 것을 알지 못했어"라는 말로
아픈 어머니에 대한 죄의식으로 이어지고 있음을 알 수 있다.

자라면서 부모보다도 큰이모 — 실제 이름은 애나(Anna
Ladd Dingley)였지만 나나(Nana)라는 애칭으로 불렸던 — 에게
더 의존했던 앤 섹스턴은 기숙학교에서 생활하면서 외로움을
달래기 위해 시를 쓰게 된다. 열정과 정념이 가득한 미모와 당찬
성격의 앤 섹스턴은 이미 사람들의 주목을 받기에 충분했는데,
놀랍게도 그는 열아홉 살이라는 이른 나이에 모험을 감행한다.
사랑에 대한 환상을 품고 케이요 섹스턴 2세(Kayo Sexton II)와
결혼을 감행한 것. 앤 섹스턴이 죽기 1년 전 1973년 이혼함으로써
종지부를 찍으면서 25년간 지속된 결혼생활은 그리 행복하지
못했다. 신혼부부는 가난했고 남편은 한국전 참전으로, 그리고
종전 후에는 사업으로 아내 곁을 자주 떠났다. 아름다웠던 앤
섹스턴은 생계를 위해 모델로 일하기도 했다. 심리적 의지처였던
나나의 우울증과 뒤이은 자살이 준 충격, 여전히 까탈스럽고
엄격한 아버지, 딸이 기댈 수 없는 알코올 중독 환자인 엄마, 그
와중에 두 아이의 엄마가 되는 일은 쉬운 일이 아니었다.

한국전이 끝나 갈 무렵 1953년에 앤 섹스턴은 첫째 아이
린다(Linda)를, 1955년에 둘째 아이 조이스(Joyce)를 낳는다.
아이를 낳고 난 후에 앤 섹스턴은 불안을 동반한 엄청난 심리적
위기를 겪게 된다. 자녀들에 대한 폭력으로까지 이어진 극심한
산후우울증은 남편이 부재한 상태에서 아이를 키우는 책임이
무거워질 때 더 심해졌다고 한다. 좋은 엄마가 되지 못한다는

두려움과 불안감, 통제 안 되는 폭력성 등으로 앤 섹스턴은 스물여덟 살 생일 하루 전날 자살을 기도한다. 당시 앤 섹스턴의 우울증 치료를 맡았던 첫 의사는 마사 오너(Dr. Martha Brunner Orne)였는데, 그 아들인 마틴 오너(Dr. Martin Orne)가 자살을 시도한 앤 섹스턴의 상담을 맡게 된다. 마틴 오너는 대화 요법을 통해 우울증을 치료한 의사로, 시집에 실린 첫 시 「당신, 마틴 선생님」에 등장하는 바로 그 의사다.

여성으로 살아가는 일상의 삶에 드리운 고통을 고백이라는 직접적인 목소리에 입힌 섹스턴의 시는 《뉴요커》, 《하퍼스 매거진》 등에서 큰 환영을 받는다. 비숍(Elizabeth Bishop, 1911-1979) 등 동시대 시인들의 지지와 찬사에 힘을 얻은 섹스턴은 보스턴에서 로버트 로월(Robert Rowell, 1917-1977)과 실비아 플라스 등과 함께 공부하며 '고백시'라는 당대의 큰 흐름에 합류하고, 1960년 첫 시집 『베들럼으로 가는 길과 돌아오는 길 일부(To Bedlam and Part Way Back)』를 낸다. '기다려 준 케이요에게'라는 부제가 붙은 첫 시집은 결혼과 출산, 육아에 얽힌 여러 감정들, 사랑과 연민, 자기혐오와 갈등 등을 대담하고 솔직하게 풀어낸 사실적이면서 도발적인 시들로 독자들의 주목을 끈다. "광기에 가까운" 정신 불안을 극복하려는 지난한 노력을 솔직하게 토로한 시들이었기에 많은 독자들의 공감을 얻은 것이다. 「그런 여자 과(科)」라는 다음의 시를 보자.

> 나는 홀린 마녀, 밖으로 싸돌아다녔지,
> 검은 대기에 출몰하고, 밤엔 더 용감하지.
> 악마를 꿈꾸며 나는 평범한 집들
> 너머로 휙휙 불빛들을 타고 다니지.
> 외로운 존재, 손가락은 열두 개, 정신 나간,
> 그런 여자는 여자도 아니겠지, 분명.
> 나는 그런 여자 과.

시인은 자신을 "홀린 마녀"로 규정하면서 당대의 사회적 규범에 맞지 않는 여성으로서의 분열된 의식을 드러내 보인다. 평범한 집들의 불빛 위로 날아다니는 자신은, 한 편지에서 "지루한 거리의 네모난 집에 몸을 숨기고 사는 비밀스러운 비트닉(Beatnik) 같은 부류"라고 칭한 것과 일맥상통한다. 자유로운 "홀린 마녀"는 자유롭기 때문에 늘 이해받지 못한다. 평범한 집들을 벗어나 나를 규정하고 가두는 사회에서 떨어져 나온 '나'는 숲속에조차 포크와 선반과 그릇을 챙기며 저녁을 차리고 어질러진 자리를 치운다.

여성의 일이 그러하다. 탈출을 꿈꾸지만 그 탈출 안에서조차 피부와 같은 집안일에서 완전히 해방되지 못한다. 여성에게 부과된 의무와 책임을 제대로 수행하지 못하는 자로서의 자괴감이 "홀린 마녀"라고 자신을 규정하는 데서 잘 드러나며, 자신이 학습한 대로 또 남편이 원하는 대로 전통적인 여성의 삶을 살기 위해 나름 노력했다는 고백에서도 뒷받침된다. 마녀가 누구인가? 마녀는 미국 역사의 가장 심란한 부채의식을 자극하는 존재다. 마녀는 결코 사회로 돌아가지 못한다. 쫓겨나 화형을 당하는 마녀 이야기를 누구나 알고 있는 상황에서 "홀린 마녀"는 시의 말미에 이르러 죽음도 부끄러워하지 않는다고 선언한다. 예언과도 같은 선언이다.

첫 시집의 성공에 이어 앤 섹스턴은 어린 시절, 셋째 딸로 자라면서 경험한 심리적 트라우마와 예쁜 아이들의 엄마로서 겪은 사랑과 불안과 좌절, 가정주부로서의 삶을 진솔하게 그린 두 번째 시집 『내 모든 어여쁜 것들(All My Pretty Ones)』을 1962년에 출간한다. 이 시집은 '내셔널 북 어워드' 후보작으로도 상찬되었고, 마침내 1966년 출간된 세 번째 시집 『살거나 죽거나(Live or Die)』가 바로 다음해 '퓰리처상'의 영광을 시인에게 안겨 준다.

제목에서 드러나듯 삶을 지독하게 사랑하면서 그 갈망과

죽음에의 충동이 혼재한 강렬한 시들로 이루어진 이 시집 이후
앤 섹스턴의 시인으로서의 명성은 더욱 커진다. 1967년에는
'셸리를 기념하는 상'을 받고, 하버드대학교에 초청되어 오랜
전통을 지닌 '파이 베타 카파 클럽'의 최초 여성 명예회원으로
선출된다. 이어 '구겐하임 펠로십'과 '포드재단 상금'을 받는
등 활발한 활동을 이어 나간 앤 섹스턴은 1969년의 『사랑
시편들(Love Poems)』을 통해 사랑에 있어 몸의 문제를 전면에
내세우게 된다. 수동적이고 무기력하게 인식되었던 육체가
새로 깨어나는 자각을 시로 쓰면서 색다른 활력을 내비친 앤
섹스턴은 이어 1969년에는 『머시 가(Mercy Street)』라는 희곡도
썼다. 1970년에는 보스턴대학교에서 강의를 시작하고 1972년에는
이 대학의 정교수로 선출되는 등 시를 가르치는 사람으로서의
역할도 시인이 애정을 가지고 몰두한 일이었다.

1972년에는 그의 시 세계에 획기적인 변화를 가져 온
『변모들(Transformations)』를 썼다. 이전의 작품들이 서정 주체의
자기 고백적 토로가 주를 이루었다면, 여기에선 그림(Grimm)
형제의 이야기들을 현대적으로 바꾸어서 대놓고 여성으로서의
자의식을 한층 복합적으로 드러내 보이면서 공적인 목소리를
지닌 화자를 등장시킨다. 즉, 내밀한 개인의 목소리를 넘어서서
패러디 등을 이용한 동화의 현대적 변용을 통해 독자로 하여금
해피엔딩으로 끝나는 동화의 이면을 보게 하고 이야기 자체와
거리를 두어 독자로 하여금 기존 동화 담론에서 자연스럽게
수용하던 가부장제의 틀을 새롭게 들여다보게 한 것이다. 그
와중에도 남편과의 불화와 지속적으로 재발하는 우울증으로
인해 시인으로서 알려진 외적인 명성과 달리 시인은 죽음과의
지난한 싸움을 계속하고 있었다.

반복적인 자살 시도, 남편과의 이혼 등을 겪으며 1974년에는
시집 『죽음 일지(The Death Notebooks)』가 발간되었다. 시인의 죽음
또한 극적이었다. 여느 때와 다를 바 없이 시 읽기 행사를 하고

오랜 친구 맥신 쿠민과 점심을 먹으며 다음해 3월에 예정된 시집 출간을 논하던 어느 가을 저녁에 다시 자살을 감행한 것이다. 엄마의 모피 코트를 입고 반지를 다 빼고 보드카를 마신 후 차고에서 말이다. 이번에는 성공이었다. 다음해 1975년 예정대로 『하느님을 향한 서툰 배 젓기(The Awful Rowing toward God)』가 출간되었고, 『머시 가 45번지(45 Mercy Street)』(1976), 그리고 『닥터 Y에게 하는 말(Words for Dr. Y: Uncollected Poems with Three Stories)』(1978) 등도 잇따라 출간되었다. 『죽음 일지』와 『하느님을 향한 서툰 배 젓기』 등, 후기 시집으로 갈수록 죽음에 대한 성찰이 큰 부피를 차지하고 있다.

평생을 극심한 우울증과 양극성 장애에 시달리는 와중에도 시인으로서 그리고 시를 가르치는 선생으로의 역할에 충실하려고 힘쓴 앤 섹스턴에게 시 쓰기는 끔찍한 우울을 극복하는 적극적인 치료책이었다. 그 치료를 위해 택한 시적 방법론이 '고백(confession)'이라는 형식이다. '고백'의 방식은 냉전 이후 미국이 국가적 이념으로 기댔던 반공 이데올로기나 매카시즘 등의 여파로 당시 많은 지식인들과 시인들을 옥죈 사상 검열에 맞서는 하나의 전략적 방식이기도 했다. 하지만 그 고백의 형식에 여성으로서의 자신의 문제를 섹스턴처럼 대놓고 끄집어낸 이는 그리 많지 않았다.

우울증과 정신병의 징후적 성격을 시에 간간이 비춘 시인으로 비숍이 있었지만, 비숍은 주류 모더니즘의 시적 방법론을 더 밀고 나가 엄정하고 명확한 시어를 구사하여 시의 세계를 자아와 의도적으로 분리시키려 애썼다. 엄마의 정신병을 시의 소재로 삼은 긴즈버그 외에 당시 정신병이란 문제를 대놓고 시의 소재로 삼은 시인은 섹스턴이 처음이다. 더구나 자신의 정신병, 자신의 몸에 대한 적나라한 고백은 많은 여성 시인들이 회피하던 전략이었다. 그 자신 평생을 우울증으로 시달리면서도 여성 시인으로서 객관적이고 정확한 시어를 찾으려 노력한 메리앤

218

무어(Marianne Moore, 1887-1972)의 시학을 시의 전범으로 삼았던 비숍은 "진짜 목소리로 바로 시작"하는 앤 섹스턴의 시가 "엄청 드문 경우"라면서 일부러 다른 목소리를 빌려오지 않아도 되기에 시 쓰기에 있어서 시간 절약이 가능하다며 좋게 평가했다.

하지만 섹스턴의 그 "진짜(real)" 목소리는 바로 그 이유로, 진짜이기 때문에 "비문학적(un-literary)"인 것으로 간주되곤 했다. 섹스턴의 시적 성취 또한 그 점에서 당대 모더니즘 시학의 지배적 규범에 맞지 않는 예외적인 스캔들로 받아들여졌다. 섹스턴은 당시 선배 시인의 찬사에 대해 "정신의 명징함과 아름다움을 위해 당신 시를 읽고 또 읽습니다. 당신은 곧고 좋은 길을 죽 펼쳐 내게 어디로 가야 할지 가르쳐 줍니다."라고 비숍에게 고백했지만, 비숍이 추구했던 엄정하고 객관적인 시어의 길은 따르지 않았다.

병의 치료라는 개인적인 필요로 시를 쓴 섹스턴은 엄격한 모더니즘 시학보다는 오히려 당대 독자들이 열광하던 밥 딜런(Bob Dylan)과 재니스 조플린(Janis Joplin), 그리고 여타의 인기 있는 노래하는 시인들을 닮고 싶어 했다. 섹스턴은 자신의 경험을 시화하면서 동시에 그 경험이 갖는 보편성을 좀 더 가시적으로 보여 주고 싶어 한 것이다. 섹스턴은 자신의 시를 자기 방식으로 살아냈기에 그에게는 시가 곧 삶과 마찬가지였다. 그 점에서 섹스턴은 "예술적 창조의 소용돌이(vortex of artistic creation)"와 "정치적 창조의 소용돌이(vortex of political creation)"를 나란히 놓았던 비트시파의 문제의식을 어느 정도 계승하고 있다고 봐도 무방하다.

고백시파 시인들 중에서 앤 섹스턴은 실비아 플라스와 여러모로 비슷하다. 출생과 자란 배경은 물론이고 눈에 띄는 외모에 시적 재능도 놀라운 여성들이었고, 시인으로서 한창 가능성이 많은 나이에 이유는 다르지만 극심한 우울증과 자살 충동 등을 겪다가 자살로 생을 마감한 것도 비슷하다. 플라스는 서른, 섹스턴은 마흔여섯이었다. 플라스는 시인으로서의 훈련을

어린 시절부터 받았고 신화를 활용하는 등 시적 기법에 더
탁월했으며 시인 테드 휴즈(Ted Hughes)와의 결혼으로도 유명한데,
섹스턴은 더 사실적이고 현실에 밀착된 목소리를 드러낸
시인으로 평가된다.

　나중에 밝혀진 사실이지만, 앤 섹스턴이 그토록 적극적으로
치료하는 과정에서도 지독한 우울과 양극성 장애에서 벗어나지
못한 것은 정신분석을 해 주던 의사와의 비정상적인 관계
때문이라고도 한다. 치료라는 명목으로 앤 섹스턴은 의사와
지속적으로 성관계를 맺었는데, 환자와 의사 사이 의료 윤리에
심각히 위배되는 일을 혼자 감당하면서 그는 결국 스스로
일어서는 법을 배우지 못하고 삶과 죽음 사이를 위태롭게
오가다가 생의 문을 닫아건 것이다.

　하지만 그 때문에 앤 섹스턴의 삶을 실패로 규정짓기는 힘들다.
앤 섹스턴은 「자살 메모」라는 시에서 자기 안에 늘 도사린 죽음
충동을 적으면서 그 죽음 충동과 맞서 싸우는 고투를 정직하게
그린다. 시인은 자신이 죽음 속으로 들어가겠노라고 선언하는데,
그 선언은 죽음과 삶을 명백히 갈라놓으면서 삶의 대립항으로만
죽음을 생각하는 우리의 이분법적인 사유 틀을 정면으로
뒤집는다. 죽음을 똑바로 응시하게 된 시인은 생중사(生中死)의
방식으로 삶 속에 공존하는 죽음을 두려움 없이 대면한다.

　이러한 죽음 충동은 자신의 병에 대한 정확한 자각인 동시에,
앞으로의 삶의 방향성을 묻는 적극적이고도 윤리적인 요청이
될 수 있다. "우리 어디로 가고 있는 거지?"라는 질문을 대놓고
하지는 않지만 우리는 모두 우리 삶의 끝이 무엇인지 안다.
알면서도 외면하고 알면서도 부정한다. 섹스턴이 고백하는
죽음 충동은 개인의 좌절과 우울의 병적 증상이겠으나 동시에
우리 모두가 삶과 함께 올라탄 죽음의 운명을 짊어진 존재임을
직시하는 시선이다. 종국에 시로써뿐만 아니라 삶 자체를 죽음
안에 욱여넣은 것만이 다를 뿐.

'기다림'의 시인

앤 섹스턴은 여전히 살아 있는 목소리다. 이번에 시집을
번역하면서 앤 섹스턴의 시가 지닌 그 생생한 목소리가 지금
시대 여성들의 삶에서 한 치도 멀지 않다는 걸 실감한 나머지
역자는 여러 대목에서 심호흡을 해야만 했다. 그 자신 미국의
부르주아 중산층 가정에서 태어나 결혼하고 아이를 낳았지만,
어떤 점에서는 낳자마자 가두어진 '미국의 꿈'의 희생자가 앤
섹스턴이다. 부모님의 인정을 갈구하는 아이, 남편의 사랑을
바라는 여인, 아이에게 충분한 사랑을 주지 못해 괴로워하는
엄마, 늙어 병든 엄마를 바라보는 마음 아픈 딸, 시인으로서의
재능과 성공, 시를 향한 열망, 시를 가르치는 사람으로서의 책무.
앤 섹스턴은 당대 여성 해방 운동에 적극적으로 참여하지도
큰 관심을 보이지도 않았고 스스로 의식적으로 페미니스트
시인이라고는 생각하지 않았다. 그럼에도 그는 여성이라는 존재가
직면하는 삶의 여러 문제들을 풍성하고 예민하고 생생하게 시로
그려 낸 시인이다.

시인 에이드리언 리치의 말에 따르면 섹스턴은 두뇌는 자주
가부장적이었지만 "뼈와 피는 여성의 문제들을 익히 알고
있었던" 시인이었다. 실비아 플라스의 자살에 대한 시도 쓴
섹스턴은 실비아 플라스의 시가 가부장제 사회에 대한 분노와
증오의 목소리가 폭풍처럼 훑고 지나가는 힘이 있다면, 정작
본인은 그런 분노의 에너지를 시로 가지고 가는 사람이 못 되며
실생활에서도 분노를 표하기 어려운 성격이었다고 토로한 바
있다. 앤 섹스턴의 시에서는 분노의 표출이나 여성 해방을 위해
기치를 높인 투쟁의 목소리보다는 남자와 여자가 함께 살아가는
일의 곤혹스러움이 더 끈질기게 따라다닌다. 「남자와 아내」라는
시를 보자.

　　　그들은 망명자다

같은 땀과 술고래의 꿈으로 더럽혀진.
그게 그들이 의지할 수 있는 유일한 것이라서
그들의 붉은 발톱은 같은 다리에 찬
수갑처럼 상처를 입힌다.
그들의 노래조차 확실한 것은 아니다.
그건 언어가 아니라, 언어가 아니라;
일종의 숨쉬기 같은 것.
보송보송 조그마한 파이프를 통해
숨을 들이쉬고 내뱉는
두 명의 천식 환자.

사랑하여 결혼했지만 남자와 여자는 서로 상처를 입히며
땀과 꿈이 함께 얼룩진 더러운 망명자다. 가까스로 숨을 쉬는
천식 환자다. 남자는 남자로 존재하지만 여자는 여자로 존재하지
못하고 아내로 존재한다. 어린 시절의 날들도 동화 속 공주의
행복한 추억보다는 원하지 않는 아이로 태어나 고립에 시달린
잔혹사가 큰 부피를 차지한다. 어른이 되어 보니 어린 시절
자신을 그토록 애증의 관계로 옭아맨 엄마는 그만 늙고 병든
노인이 되었다.
　「기다리는 머리」라는 시에서는 요양원에서 하염없이 딸이
오기를 기다리는 노년의 엄마를 바라보는 애달픈 시선이
등장한다. 거리에 몸을 쭉 내밀고 딸을 기다리는 엄마. 딸이
다녀가도 다녀간 사실을 금방 잊어버리며 "매일 밤 가죽 공책에
아무도 오지 않았다고" 쓰는 엄마. 기쁘고 행복했던 추억 켜켜이
누추하고 고통스러운 기억이 스며든 시편들. 시는 그에게 "세상의
죽, 쥐새끼의 별"(「탐욕스러운 이들에게 자비를」)이라고 말한 바 있듯이,
시는 열정과 환희와 꿈과 아름다움의 고백인 동시에 죄와 참회와
고통과 결핍과 굶주림과 누추함의 고백이기도 하다. 시는 삶인
동시에 죽음의 언어다.

모든 시인의 언어는 어떤 면에서는 자기 몸의 언어, 자기 정신의 언어이다. 그리고 그 몸은 자신만의 몸이 아니라 자기를 낳은 엄마의 몸, 엄마의 엄마의 몸, 자기가 낳은 딸의 몸, 딸의 딸의 몸 등으로 전이된다. 다른 누구보다도 여성의 몸의 재현에 민감했던 시인. 목구멍, 머리, 가슴, 팔다리, 배, 피를 흘리는 자궁. 사랑을 나누는 몸. 아이를 낳는 몸. 괴로움에 몸부림치는 몸. 굶주려 떠는 몸. 아픈 몸. 외로운 몸, 죽음을 향해 노 저어 가는 몸. 평자들은 전기적인 사실을 시와 나란히 겹쳐서 보면서 앤 섹스턴의 시가 그의 몸에 대한 사실적인 재현이라고 말하기도 하지만, 어떤 의미에서 자신의 몸의 감각을 그토록 생생하게 그리는 자는 이미 자기 몸에서 떨어져 나온 시선을 획득한 자다.

세 번째 시집 『살거나 죽거나』에 실린 「마흔의 월경」은, 월경을 대담하게 제목으로 내걸고 있다는 점에서 불온한 시다. 시인은 당대 시인들이 거의 시도하지 않은 이상한 소재, 당시 가치에 비추어 보면 불결하게 느껴지는 소재를 채택하여 여성의 몸에 대해 사유한다. 수확을 마친 대지를 나이 마흔의 여성의 몸에 비유하면서 시인은 생명을 품을 기다림이 끝난 자신의 몸을 바라본다. 매달의 월경은 매달 죽음을 지나는 내 몸의 통과의례다.

끝없는 자살 충동에 시달린 섹스턴이 월경을 두고 죽음을 이야기할 때, 이는 단순히 다달이 지나는 의례적인 차원의 어떤 것을 넘어선다. 태어나지 않았어야 할 셋째 딸인 자기 존재의 근본적인 부성에서부터 어떤 것도 품지 못하는 불모의 상태로 나아가는 변화를 직시하는 지극한 현실적인 응시에 이르기까지, 시인에게 '죽음'은 자기 시대 여성의 존재 양태와 정확히 겹쳐진다. 생명을 잉태하는 봄에 처음부터 죽음이 함께 배태되어 있음을 아는 것, 이는 자궁이라는 생명의 공간이 그간 시에서 또 당대의 지배적인 문화 내부에서 재현된 방식을 훌쩍 뛰어넘는다. 생명이 아닌 "죽음이 내내 자궁 안에 함께 있음"을 아는 일은 과감하게

스스로의 여성성에 대해 "죽어 버려라!"라고 외치는 용기를
가능하게 한다. 시인은 드디어 자기 몸의 상실을 바라본다.

앤 섹스턴 시 속 고백의 목소리는 고발이라기보다는 조건이고,
비판이라기보다는 수용이며, 분노라기보다는 슬픔에 가깝다.
얼핏 보기엔 수동적으로 느껴지는 이러한 목소리는 고백시가
갖는 고백의 진정성과 고백시가 형성한 페미니즘 시학의
지형을 이야기할 때 충분히 더 적극적으로 고려할 필요가
있다. 앤 섹스턴의 고백시가 대중의 열렬한 지지를 받았음에도
비평가들에게는 비교적 인색한 평가를 받은 것은, 죄의식과
참회를 동반하는 종교적 의식에서 출발한 고백의 전통적 뿌리에
대한 비평가들의 인색함을 거꾸로 보여 주는 사례이기도 하다.
앤 섹스턴의 시는 자전적 고백을 통해 개인의 사적 내밀함을
구성하는 죄의식을 사회적인 것으로 되돌려 준다는 점에서
오히려 사적 서정시의 공적인 함의에 대한 가치평가를 새롭게
가능하게 한다. 고발과 비판과 분노가 주를 이루던 기존 페미니즘
시학의 서정 주체의 자리에 여성으로서의 사회적 조건과 근원적
슬픔을 온몸으로 앓는 주체를 들어앉히는 앤 섹스턴의 시는 주류
페미니즘 시학이 본격적으로 당도하기 전, 사랑과 몸을 둘러싼
여성의 난처한 존재 조건을 더 선명하고 적실하게 그 시대 안에서
들여다보게 하는 힘이 있다.

그 점에서 앤 섹스턴의 시는 개인의 자기 고백적인 목소리가
개인을 넘어서는 힘을 선취하는 '미학적 결단'을 보여 준다. 그의
시에서 '나(I)'는 나이면서 동시에 나 아닌 사람, 나의 일부로서의
나, 타인의 일부로서의 나이기도 하다. 내 몸과 내 고통 또한
마찬가지. 자신을 시에 오롯이 던져 넣는 행위 자체가 나를
거리를 두고 응시하는 어떤 객관성의 성취에서 가능하기도
한 것이기 때문이다. 여자, 엄마, 아내로서 당대의 성 역할을
충실히 수행하면서 동시에 이에 대한 전도를 행하는 파격적인
마녀이기도 한 그녀의 '내'가 앤 섹스턴만의 '나'가 아니고 다른

수많은 '나', 그리하여 우리가 되는 까닭이다. 그녀의 나는 서정
주체의 오롯한 동일성을 가진 단일한 존재인 동시에, 다가가는
순간 멀어지고 익숙해지면 동시에 낯설어지는 나 아닌 나이기도
하다. 사랑과 염오가 함께 깃든 그 복합적인 자아가 그 시절의
고단하고 외로웠던 앤 섹스턴이면서 지금 우리 시대의 수많은
우리가 되는 이유다.

　이 번역 시집의 마지막 시에서 시인은 스스로 묻고 답한다.
"하나의 생이 끝나면,/ 당신이 살았던 그 생,/ 당신은 어디로
가는가?" 하고.

　　　　나는 밤을 일구겠지.
　　　　나는 도시에서 춤을 추겠지.
　　　　나는 붉게 차려입고 타오르겠지.
　　　　나는 긴 네온 다리를 입고 있는
　　　　찰스 강을 아주 유심히 바라보겠지,
　　　　차들이 지나가겠지.
　　　　차들이 지나가겠지.
　　　　더 이상의 비명은 없을 것이야.

　여전히 이 도시에도 붉은 드레스를 입고 자기만의 엘리스
섬에서 춤을 추는 숙녀가 많다. 그 숙녀는 젊어 한때 아름다웠던
기억에 갇힌 자이기도 하고, 결혼 침대에서 혼자 눈 뜨는 아침의
고립을 견디는 사이기도 하며, 딸의 자살 시도에 절망하면서
"자신의 혼인 침상에 누워/ 계란 둘 해치우듯 자기 심장을
파먹"는 (「그런 모험」) 엄마이기도 하다. 이 세상의 여성들이 딸에서
엄마로 성장하며 하루하루 견디는 그 고단하고 남루한 삶의
모습을 이처럼 솔직하고 생생하게 시의 언어로 건진 시인은 많지
않다.

　어느 자리에서 앤 섹스턴은 고백시의 틀로 자신의 삶과 시를

거울처럼 똑같이 투사하는 평자들에게 내 시는 "스스로 쓰는 단어들의 장난"일 뿐이라고 한 적이 있다. 시는 한 개인의 삶 속에서 탄생하지만 동시에 시는 그 너머를 응시하게 한다. 한 사람이 삶의 열망과 사랑의 혼돈과 죽음 충동 속에서 만들어낸 시들이 그 개인의 테두리를 넘어 오늘 우리의 삶을 되비치면서 우리가 건너는 하루하루의 모험을 응시하게 한다.

여성이기 이전에 한 인간으로서 앤 섹스턴이 그려낸 '기묘한 풍성함'의 풍경, '홀린 마녀'의 목소리, 아직도 기다리는 시들을 하나의 책으로 묶으며, 앤 그레이 하비, 앤 섹스턴에서 그레이 하비와 섹스턴을 뺀 오롯한 '앤'이라는 한 이름에 경의를 표한다. 그가 지나온 생과 그가 남긴 시에 고개를 숙인다. 견디느라 수고했다는 말을 건넨다. 시에게도 시인에게도. 열망과 결핍은 말할 것도 없고 낙태, 자위, 월경, 불륜, 약물 중독, 죽음 충동 등 터부시 되어온 소재의 금기를 깬 시들, 말하기 힘든 좌절과 절망을 과감히 뱉어 낸 시들, 앤 섹스턴 이후 여성시는 그에게 어떤 식으로든 직간접적인 빚을 많이 졌다. 시간과 공간을 훌쩍 넘어 도착한 이 번역 시집이 우리가 시인에게 진 그 빚에 대한 작은 되갚음이 되기를 희망한다.

더 용감해지는 일

정은귀

앤 섹스턴의 시집 번역을 마치고 교정을 볼 즈음에 미국에 머물고 있었다. 마지막 교정을 보고 난 뒤에 연락이 왔다. 미국의 출판사에서 제목에 대한 설명을 요청했다는. '앤 섹스턴 시집'이라는 원 제목을 따르지 않고 '밤엔 더 용감하지'라는 다소 도발적인 제목을 정한 것에 대한 설명을 요청한 것이었다. 그 전언을 듣고 바로 썼어야 하는 역자 후기인데, 여러 달이 그냥 흘렀다. 코로나바이러스로 인해 역자가 머물던 도시에서는 미국에서 가장 먼저 자가격리령이 떨어졌다. 사재기다 뭐다 하면서 거대한 나라의 일상에 균열이 가고 흔들리는 모습을 이방인으로서 보고 있으려니, 출판이며 글이며 온갖 현실적인 일들은 멀게 느껴졌다. 3월 8일 '여성의 날'에 맞추어 출판하려던 계획은 무산되고, 이렇게 기묘한 겨울과 봄과 여름, 여러 계절을 지나쳐 왔다. 전적으로 역자의 게으름 탓이다.

'밤엔 더 용감하지'라는 제목은 시 「그런 여자 과(科)(Her Kind)」에서 따온 구절이다. 용감해지는 것은 무얼 의미할까? 시는 '홀린 마녀'의 이야기다. 낮에는 평범한 아내이자 엄마의 역할을 해야 하는 여자, 외로운 존재. 밤에 되면 더 용감해져서 밖으로 싸돌아다니는 여자. 정신 나간 여자. 이 고백은 그때나 지금이나 여성에게 여전히 부과되는 어떤 전형성을 비웃고 흔든다. 나 그런 여자야. 그래서 어쩌라고? 앤 섹스턴은 그의 시대가 여성에게 부과한 모습, 의무, 책임에서 평생 제대로 일탈하지 못했던 시인이다. 엄마이자 딸로서, 또 아내로서 겪어야 할 모든 갈등과 고민과 아픔을 겪었고, 바람직한 어떤 '상(像)'에 끝없이 스스로를

비추면서 평생을 고투한 사람이었다. 그런 시인의 언어를
우리말로 옮기면서 나는 용감해져야 했다. 완벽히 겹쳐지지 않는
어긋난 두 언어 사이에서 늘 마음 졸이며 나는 앤 섹스턴의 '홀린
마녀'가 되고자 했다. 번역은 턱없이 용감하지 않으면 참 하기
힘든 일이란 걸 실감하면서……

　자기 시대가 규정하는 이상적인 여성의 '상'(像)과의 불일치
속에서 자신을 정직하게 응시하면서 자신과 또 자기를 둘러싼
세계와 싸우고 스스로의 몫을 감당하다 간 인간 앤 섹스턴. 그는
용감한 여성이었다. 낮에도 용감했지만 밤엔 더 용감했던 시인.
글을 쓰고 학생들을 가르치고 엄마로서, 또 아내이자 딸로서
살다 간 앤 섹스턴을 한국의 독자들에게 소개하는 일은 시인의
용감함과 그 용감함 뒤에 드리운 불안을 이해해야 가능한 일이다.
코로나19로 인한 격리의 시간을 보내는 동안, 나는 어쩌면 그
용감과 그 불안을 삭이며 번역자로서 내가 더 용감해지기를
기다렸는지 모른다. 마음껏 예전처럼 온갖 접촉을 즐기며 밖으로
싸돌아다니진 못했지만 의식적으로 더 분방하게 싸돌아다니며
번역의 두려움과 시 읽는 즐거움 앞에서 용감해지고자 했다.

　어느 오후, 보스턴에 자리한 앤 섹스턴의 묘지에 다녀왔다.
여름 보스턴은 참 아름다운데, 앤 섹스턴의 가족묘는 웅장하고
평화로웠다. 거기 석관묘에 시인의 흔적을 찾아 다녀간 이들의
볼펜과 묵주와 종이와 돌과 기도와 염원을 보았다. 대개 시인의
묘지에 가면 먼 데서 찾아온 방문객 한둘을 만나기 마련인데,
그날은 아무도 없었다. 돌로 눌러 놓은 편지에 어떤 글이 담겨
있었을까, 비에 젖어 찢어진 편지와 새로 놓인 편지들. 앤
섹스턴은 죽어서도 여전히 더 용감해지기를 원하는 이들과
함께하는 어떤 길 위에 있는 듯했다. 더 용감해지기를 원하는
이들의 손을 죽어서도 맞잡고 있는 것만 같았다.

　여러 달이 흐른 지금, 제목의 변을 쓰면서 비로소 역자는
불안과 두려움, 감탄과 위무, 안타까움 등 여러 마음이 함께했던

번역 작업에 작은 마침표를 찍는다. 그 마침표에 앤 섹스턴에게서
받은 위로와 그녀를 통하는 어떤 염원을 동시에 넣는다. 귀국하여
마주한 일상은 여전히 두렵고 낯선 세계의 비참과 그림자를
품고 있다. 우리 모두 더 용감해져야 한다. 이 시들이 그 마음과
함께하길 바란다.

세계시인선 28   밤엔 더 용감하지

1판 1쇄 펴냄 2020년 11월 30일
1판 2쇄 펴냄 2022년 3월 18일

지은이   앤 섹스턴
옮긴이   정은귀
발행인   박근섭, 박상준
펴낸곳   (주)민음사

출판등록   1966. 5. 19. (제16-490호)
주소   서울시 강남구 노산대로1길 62
               강남출판문화센터 5층 (06027)
대표전화   02-515-2000   팩시밀리 02-515-2007

www.minumsa.com

한국어 판 ⓒ (주)민음사, 2020. Printed in Seoul, Korea

ISBN 978-89-374-7528-3 (04800)
        978-89-374-7500-9 (세트)

세계시인선 목록